जिंदगी की किताब

(A टू Z)

जिंदगी की किताब

(A टू Z)

कल्पना कौशिक

प्रकाशक

प्रभात पेपरबैक्स

प्रभात प्रकाशन प्रा. लि. का उपक्रम

4/19 आसफ अली रोड, नई दिल्ली–110002

फोन : 23289777 • हेल्पलाइन नं. : 7827007777

इ–मेल : prabhatbooks@gmail.com ❖ वेब ठिकाना : www.prabhatbooks.com

संस्करण

प्रथम, 2021

मूल्य

दो सौ रुपए

मुद्रक

आर–टेक ऑफसेट प्रिंटर्स, दिल्ली

ZINDAGI KI KITAB (A TO Z)

by Smt. Kalpana Kaushik

Published by **PRABHAT PAPERBACKS**

An imprint of Prabhat Prakashan Pvt. Ltd.

4/19 Asaf Ali Road, New Delhi-110002

ISBN 978-93-90900-15-2

₹ 200.00

यह पुस्तक
उन तमाम लोगों को समर्पित है,
जिन्होंने जीवन को बेहतर ढंग से समझने,
बेहतर बनाने के मार्ग सुझाए और
कठिन परिस्थितियों में धैर्य रखने की
प्रेरणा और संबल दिया।

लेखकीय

मानव-मन एक वर्णमाला की तरह होता है और जीवन इसी वर्णमाला के बीच जन्म से मरण तक की शारीरिक और मानसिक यात्रा का सूचक होता है। वर्णमाला के हर वर्ण के अंदर मानव-मन की वृत्तियाँ समाहित रहती हैं। हर वर्ण के सकारात्मक और नकारात्मक पहलू होते हैं। जीवन को बेहतर और रचनात्मक बनाने के लिए इसे समझना बेहद जरूरी है। इसे समझ लेंगे तो एक हंस की तरह नकारात्मक वृत्तियों के बहिष्कार और सकारात्मक वृत्तियों के अंगीकार का गुण आपके अंदर विकसित हो जाएगा। दरअसल सुख-दुःख, सफलताएँ-असफलताएँ मानव चेष्टाओं का स्वाभाविक प्रतिफल होती हैं। संसार में कोई व्यक्ति ऐसा नहीं हुआ, जिसे इनके बीच से गुजरना न पड़ा हो। हर स्थिति में सामान्य बने रहना ही पुरुषार्थ है। भगवान् श्रीकृष्ण ने गीता में कहा है कि फल की चिंता किए बगैर अपना कर्म करते जाना चाहिए, क्योंकि हमारा अधिकार सिर्फ और सिर्फ कर्म पर होता है। फल पर हमारा अधिकार नहीं होता। इसलिए असफलता से अति विचलित और सफलता से अति आह्लादित नहीं होना चाहिए। जो हर स्थिति में मानसिक संतुलन और स्थिरता बनाए रखता है, वही जीवन को सार्थक तरीके से जी सकता है। कर्मयोग ही सबसे बड़ा योग है।

इस पुस्तक में मैंने अंग्रेजी वर्णमाला के वर्णों में मानव-मन की वृत्तियों को तलाशने और समझने की चेष्टा की है। कोशिश की है कि

यह मन को रचनात्मक दिशा की ओर प्रवृत्त करने में सहायक हो। इस पुस्तक के लेखन के समय मेरे अंदर भी जीवन को बेहतर ढंग से समझने की प्रेरणा जाग्रत् हुई। यही प्रेरणा इसे पढ़नेवालों के अंदर भी जाग्रत् हो जाए तो पुस्तक का उद्देश्य सफल हो जाएगा।

शुभकामनाओं सहित···

अनुक्रम

A

आशा

आपके सामने टेबल पर एक गिलास रखा हुआ हो, जिसके आधे हिस्से तक पानी भरा हुआ हो और आधा खाली हो तो आप उसे किस रूप में देखेंगे? निश्चित रूप से अलग-अलग लोगों की इस पर अलग-अलग प्रतिक्रिया होगी। एक व्यक्ति कहेगा कि इसमें आधा गिलास पानी है, जबकि दूसरा कहेगा कि आधा गिलास तो खाली है। पहला व्यक्ति आशावादी होगा और दूसरा निराशावादी। आशावादी को उसमें मौजूद पानी वाला हिस्सा दिखाई देगा, जबकि निराशावादी को उसका खाली हिस्सा। यह महज एक प्रतिक्रिया नहीं है, जीवन को देखने और समझने की दो दृष्टियाँ हैं। इसी आशावाद और निराशावाद के बीच मानव जीवन संचालित होता है। इसी आधार पर मानव के स्वभाव में सकारात्मक और नकारात्मक भावनाओं का संचार होता है। कुछ लोग जीवन में जितना भी उपलब्ध है उसी में संतुष्ट रहते हैं और सुख शांति का जीवन जीते हैं, जबकि कुछ ऐसे भी लोग हैं, जो जीवन में हमेशा असंतुष्ट रहते हैं। हमेशा अभाव की पीड़ा झेलते रहते हैं। उनके पास करोड़ों की संपत्ति क्यों न हो जाए, उन्हें अरबपति नहीं बन सकने का मलाल होता है। उनके पास घूमने के लिए दो लग्जरी गाड़ियाँ हों, लेकिन उनके किसी पड़ोसी या संपर्क के किसी व्यक्ति के पास उनसे कीमती कई गाड़ियाँ हों तो वे हीन भावना से ग्रस्त रहेंगे और अंदर से बेचैन रहेंगे।

उनकी लालसा उनके दु:ख का कारण होती है। इसलिए कहा गया है कि संतोषम परम सुखम।

कबीरदास का प्रसिद्ध दोहा है—

साईं इतना दीजिए, जामे कुटुंब समाय।
मैं भी भूखा न रहूँ, साधु न भूखा जाए॥

अर्थात् परिवार की परवरिश और अतिथियों के स्वागत भर संसाधन यदि ईश्वर देता है तो वह सुखमय जीवन के लिए काफी है। इससे ज्यादा की जरूरत ही नहीं है। लेकिन वर्तमान भौतिकवादी और उपभोक्तावादी युग में विलासिता के साधनों का इतना विशाल भंडार है कि इसका कोई अंत ही नहीं है। आप चाहे जितने साधन, संसाधन जुटा लें, फिर भी कुछ-न-कुछ कमी रह ही जाएगी। इच्छाएँ अनंत हैं, भौतिक साधनों से कभी किसी को तृप्ति नहीं मिल सकती। यह पाश्चात्य संस्कृति की जीवन दृष्टि है। इस पर अमल करनेवालों की आत्मा हमेशा कलपती रहती है। भौतिकवादी जीवन दृष्टि मनुष्य को आत्मकेंद्रित और स्वार्थी बना देती है। यह सामूहिकता के भाव को पूरी तरह नष्ट कर देती है। समाज के प्रति लगाव और जुड़ाव तो दूर परिवार के सदस्यों के बीच भी अपनेपन का भाव शेष नहीं रह जाता। खून के संबंध पानी से भी पतले हो जाते हैं। पश्चिमी देशों में बच्चे होश सँभालते ही माता-पिता से अलग अपना स्वतंत्र जीवन जीने लगते हैं। उनके बीच मात्र औपचारिक और कृत्रिम संबंध रह जाता है। वहाँ का समाज बिखराव का शिकार है। वहाँ परिवार नामक संस्था का पूरी तरह लोप हो चुका है।

भारत करीब दो सौ से अधिक वर्षों तक अंग्रेजों का गुलाम रहा। उनकी संस्कृति का हम भारतीयों पर खासा प्रभाव पड़ा। लेकिन आजादी के बाद भी हम मानसिक रूप से उनकी दासता से मुक्त नहीं हो सके हैं। हमारी भाषा, वेश-भूषा, विचारधारा आदि तमाम चीजों पर आज भी

उनकी संस्कृति का गहरा प्रभाव है। मध्यम वर्ग पर पाश्चात्य संस्कृति और जीवन दृष्टि का खासा असर है। लेकिन कुलीन वर्ग तो पूरी तरह यूरोपीय हो चुका है। गाँव-समाज में रहनेवाले निम्न और निम्न मध्यम वर्गीय परिवारों में ही भारतीय सभ्यता और संस्कृति की झलक दिखाई देती है। भारतीय जीवन दृष्टि आध्यात्मिक है। हम विकास के चक्रीय सिद्धांत में विश्वास करते हैं। अर्थात् आज दु:ख है तो कल सुख आएगा। आज समस्या है तो कल इसका समाधान निकलेगा। जीवन में उतार-चढ़ाव आता रहता है। इससे घबराने की आवश्यकता नहीं है। यह शून्य से शिखर तक की यात्रा के विश्वास का दर्शन है।

> ***भारत करीब दो सौ से अधिक वर्षों तक अंग्रेजों का गुलाम रहा। उनकी संस्कृति का हम भारतीयों पर खासा प्रभाव पड़ा। लेकिन आजादी के बाद भी हम मानसिक रूप से उनकी दासता से मुक्त नहीं हो सके हैं। हमारी भाषा, वेश-भूषा, विचारधारा आदि तमाम चीजों पर आज भी उनकी संस्कृति का गहरा प्रभाव है। मध्यम वर्ग पर पाश्चात्य संस्कृति और जीवन दृष्टि का खासा असर है। लेकिन कुलीन वर्ग तो पूरी तरह यूरोपीय हो चुका है।***

भारतीय जीवन दृष्टि मनुष्य को हमेशा आशावादी बनाए रखती है। जहाँ तक पाश्चात्य जीवन दृष्टि का सवाल है, यह विकास के सरल रेखीय सिद्धांत पर आधारित है। अर्थात् आज दु:ख है तो कल यह और घनीभूत हो सकता है। आज सुख है तो इसमें और बढ़ोतरी होती जाएगी। यह सोच मन को विचलित कर देती है। संतुलित नहीं होने देती। इस सोच के लोग ही अवसाद का शिकार होते हैं और जीवन से निराश होकर आत्महत्या तक कर डालते हैं। पाश्चात्य देशों में आत्महत्या की घटनाओं में अधिकता और असामान्य व्यवहार का यही मुख्य कारण है। हमारे देश में भी

मनोवैज्ञानिक समस्याओं से ग्रस्त होने का यही कारण होता है। गाँव समाज में भी परस्पर शत्रुता और विवाद होते हैं, लेकिन आमतौर पर वहाँ के पारंपरिक जीवन जीनेवाले लोग मस्तमौला होते हैं। उनके अंदर न तनाव होता है, न डिप्रेशन। सीमित संसाधनों में सुखमय जीवन जीते हैं। आज आवश्यकता इस बात की है कि हम आशावादी बनें और सुख से जीवन जिएँ। हम गिलास को आधा भरा हुआ देखें। उसके खाली हिस्से पर निगाह न डालें। निराशावाद से खुद भी बचें और यथासंभव औरों को भी बचाएँ।

□

B

भरोसा

विश्वास की गहराइयों से उत्पन्न होनेवाले भाव को भरोसा कहते हैं। जब यह कायम होता है तो मन के अंदर एक तरह की शक्ति का संचार करता है और जब टूटता है तो मानव मन को तोड़कर रख देता है। सरकार पर जनता का भरोसा हो तो शासन व्यवस्था सुचारु ढंग से चलती है, लेकिन भरोसा टूट जाए तो जन-विद्रोह हो जाता है। यह बात जीवन के हर क्षेत्र में लागू होती है।

जिस मनुष्य के अंदर आत्मबल होता है, आत्मविश्वास होता है, उसे सबसे ज्यादा अपने आप पर भरोसा होता है। जो खुद पर भरोसा करता है, उसके विश्वास का दायरा भी व्यापक होता है। वह हर किसी पर विश्वास करता है, लेकिन अपने जीवन की जंग स्वयं लड़ता है। किसी पर आश्रित नहीं रहता। सब पर विश्वास करता है, लेकिन किसी के भरोसे नहीं रहता। वह अपनी क्षमताओं के प्रति आश्वस्त रहता है। उसी आधार पर अपने जीवन की योजनाएँ बनाता है। धरती पर सबसे आदर्श मनुष्य वही होता है। लेकिन इसके लिए अपनी क्षमताओं के सही आकलन की जरूरत होती है। जिसे अपनी क्षमताओं का, अपनी प्रतिभा का व्यावहारिक ज्ञान होता है, वह कठिन-से-कठिन परिस्थिति को भी हँसते-खेलते झेल जाता है। न कभी जीवन में हार मानता है, न विचलित होता है। लेकिन जो अपनी क्षमताओं को जरूरत से ज्यादा आँक लेता

है, उसे निराशा का सामना करना पड़ सकता है। रावण असीम क्षमताओं वाला विद्वान् पुरुष था। उसने अपने समय के सारे देवी-देवताओं को, राजाओं को पराजित कर दिया था। लेकिन अपनी शक्तियों का गलत आकलन करने के कारण अन्यायी और अहंकारी हो गया था। उसके कारण वह अपनी शक्तियों का दुरुपयोग करने लगा था। इसका नतीजा उसे भुगतना पड़ा था।

लेकिन एक बड़ी संख्या ऐसे लोगों की होती है, जिनमें आत्मविश्वास का अभाव होता है। वे हमेशा दूसरों पर भरोसा करते हैं और पराश्रित जीवन जीते हैं। उनका विश्वास, उनका भरोसा कभी दृश्य जगत् के परिचित लोगों पर होता है तो कभी अदृश्य जगत् के काल्पनिक प्रतिमानों पर। अकसर लोग कहते हैं कि यह देश भगवान् भरोसे चल रहा है। भगवान् के प्रति आस्था अलग चीज है और उसके प्रति आश्रित होना अलग बात। कहते हैं कि भगवान् भी उसी का साथ देता है, जो अपना कर्म करते हैं। किसी को उसके कर्म का ज्यादा फल मिलता है, किसी को कम, लेकिन कर्म कभी निरर्थक नहीं जाता। जो आस्तिक होते हैं, वे भगवान् पर भरोसा करते हैं। चाहे उसके साकार स्वरूप पर भरोसा करें अथवा निराकार रूप पर। लोगों का अपने पितरों पर, ग्रामदेवता पर, वनदेवी पर, भूत-प्रेत पर भी गहन विश्वास और भरोसा हो सकता है। उन्हें इस बात का विश्वास होता है उनकी आस्था की कोख से कोई-न-कोई ऐसी अदृश्य शक्ति उत्पन्न होगी, जो उनकी हर समस्या का निदान कर देगी। हर संकट से बाहर निकाल लाएगी।

रावण असीम क्षमताओं वाला विद्वान् पुरुष था। उसने अपने समय के सारे देवी-देवताओं को, राजाओं को पराजित कर दिया था। लेकिन अपनी शक्तियों का गलत आकलन करने के कारण अन्यायी और अहंकारी हो गया था।

हिंदू समाज भगवान् विष्णु के अवतारों पर भरोसा करता है। उसे विश्वास है कि जब पापकर्म अपनी पराकाष्ठा पर पहुँच जाएँगे तो भगवान् विष्णु के कल्कि अवतार का जन्म होगा, जो दुष्टों का संहार कर देगा और धरती पर फिर से सत्ययुग का प्रादुर्भाव हो जाएगा। भरोसे की उत्पत्ति का एक स्रोत कर्तव्य और दायित्व भी होता है। एक बच्चा जब अपनी परवरिश के लिए माँ-बाप पर भरोसा करता है तो दरअसल उसका विश्वास होता है कि वे अपने दायित्वों का निर्वहन करेंगे। माँ-बाप अपने रिश्तेदारों पर और अपने समाज पर भरोसा करते हैं।

लोगों का अपने पितरों पर, ग्रामदेवता पर, वनदेवी पर, भूत-प्रेत पर भी गहन विश्वास और भरोसा हो सकता है। उन्हें इस बात का विश्वास होता है उनकी आस्था की कोख से कोई-न-कोई ऐसी अदृश्य शक्ति उत्पन्न होगी, जो उनकी हर समस्या का निदान कर देगी। हर संकट से बाहर निकाल लाएगी। हिंदू समाज भगवान् विष्णु के अवतारों पर भरोसा करता है।

कोई भी समाज एक-दूसरे के प्रति भरोसे के आधार पर ही निर्मित, गठित और विकसित होता है। इसका अभाव मानव जीवन को एकाकी बना देता है। कुछ लोग अपने भाग्य पर भरोसा करते हैं तो कुछ अपने कर्म पर। व्यक्ति को अपने परिवार पर भरोसा होता है और परिवार को अपने समाज पर। हर कोई चाहता है कि उसके सुख-दुःख में ज्यादा-से-ज्यादा लोग भागीदार हों। संकट की घड़ी में एक-दूसरे का सहारा बनें। कुछ लोगों को मित्रों और संबंधियों पर अर्थात् दृश्य जगत् पर भरोसा होता है, जबकि कुछ लोगों का भरोसा अदृश्य शक्तियों पर होता है। भरोसा एक ऐसा भाव है, जिसके निर्मित होने में समय लगता है, लेकिन टूटने में कोई समय नहीं लगता।

□

C

चतुराई

होशियारी जब घनीभूत होती है तो चतुराई में बदल जाती है। यह कोई नकारात्मक या विध्वंसक भाव या वृत्ति नहीं होती। चतुर व्यक्ति वह होता है, जो अपने बुद्धि कौशल से अपना मकसद भी हल कर लेता है और देश-समाज को भी लाभ पहुँचाता है। एक व्यापारी अपनी चतुराई के बल पर ही अपने व्यापार का कुशलतापूर्वक संचालन और विस्तार करता है। एक चतुर कर्मचारी अपने ऊपर के अधिकारियों या संस्थान के मालिक का प्रिय पात्र बन जाता है।

संत कबीर का एक दोहा है—

चिंता से चतुराई घटे, दुःख से घटे शरीर।
पाप से लक्ष्मी घटे, कह गए संत कबीर।।

तात्पर्य यह कि मनुष्य के लिए अत्यधिक चिंता नुकसानदेह होती है। इससे सूझ-बूझ और बुद्धि-कौशल पर नकारात्मक प्रभाव पड़ता है। मनुष्य सही निर्णय नहीं ले पाता। उसकी चतुराई घटने लगती है। लेकिन एक चतुर व्यक्ति को चिंता होगी ही क्यों? जीवन में समस्याएँ तो आती ही रहती हैं। अपने बुद्धि कौशल से उसका निपटारा कर देना ही तो चतुराई है।

चतुराई जब नकारात्मक भाव ग्रहण करती है तो उसे चतुराई नहीं, बल्कि कुटिलता कहते हैं। एक दंतकथा के मुताबिक किसी स्थान पर

एक साधु थे। उनकी कुटिया में एक चूहा रहता था। वह इतना ऊधम मचाता था कि साधु महाराज न दिन में चैन से रह पाते थे, न रात को आराम से सो पाते थे। एक दिन उनका एक शिष्य उनकी कुटिया में आया। बातचीत के दौरान उसने महसूस किया कि साधु बाबा का मन शांत नहीं है। वे कुछ उद्विग्न हैं। उसने साधु बाबा से इसका कारण पूछा। साधु बाबा ने बता दिया कि वे एक चूहे के कारण परेशान हैं। शिष्य ने उनकी कुटिया का पूरा चक्कर लगाकर चूहे का बिल ढूँढ़ निकाला। इसके बाद साधु बाबा के त्रिशूल से उसकी खुदाई करने लगा। थोड़ी खुदाई करने के बाद उसने देखा कि वहाँ सोना-चाँदी और हीरे-जवाहरात काफी मात्रा में पड़े हुए हैं। उसने उन्हें बाहर निकाला और साधु बाबा के हवाले कर दिया। उसने कहा कि धन की बहुलता के कारण ही चूहा शक्तिशाली और उद्दंड हो गया था। अब वह परेशान नहीं करेगा। उस दिन के बाद से चूहे ने उधम मचाना बंद कर दिया।

इतिहास में तेनालीराम, गोनू झा, बीरबल जैसे किरदार हुए, जो अपनी चतुराई के बल पर इतिहास पुरुष बन गए। अकबर के दरबार में बीरबल को उनकी चतुराई के कारण ही नौ रत्नों में जगह मिली थी। वे एक साधारण हैसियत के ग्रामीण बालक थे। अपने गाँव के बाहर कुटिया बनाकर अकेले रहते थे।

इतिहास में तेनालीराम, गोनू झा, बीरबल जैसे कई किरदार हुए, जो अपनी चतुराई के बल पर इतिहास पुरुष बन गए। अकबर के दरबार में बीरबल को उनकी चतुराई के कारण ही नौ रत्नों में जगह मिली थी। वे एक साधारण हैसियत के ग्रामीण बालक थे। अपने गाँव के बाहर कुटिया बनाकर अकेले रहते थे। उन दिनों मुगल बादशाह अकबर के दरबार में भ्रष्टाचार और अराजकता का बोलबाला था। बादशाह तक सही सूचनाएँ नहीं पहुँच पाती थीं।

बादशाह अकबर ने जनता के कुशल मंगल को जानने के लिए अपने खास अंगरक्षकों के साथ वेश बदलकर अपने साम्राज्य में विचरण करने का निर्णय लिया, ताकि वास्तविकता को स्वयं देख सकें। ऐसे मौकों पर अंगरक्षक उनसे थोड़ी दूरी बनाकर चलते थे।

एक समय की बात है, बादशाह अकबर अपने राज्य के निरीक्षण के लिए निकले हुए थे। वे आगरा से चलकर हरियाणा के बघौला गाँव पहुँचे। उन्होंने कई दरवाजे खटखटाए, लेकिन न किसी ने दरवाजा खोला, न बाहर निकला। वे गाँव के बाहर निकले तो एक झोंपड़ी में रोशनी देखी। वे वहाँ चले गए। वहाँ एक छोटा सा बालक अकेला दिखाई पड़ा। उस बच्चे ने बादशाह को अंदर आने को कहा और खाने के लिए खिचड़ी परोसी। अकबर ने कहा कि वे खाना खा चुके हैं। उन्हें रात को ठहरने के लिए जगह चाहिए। उसने उनके लिए बिस्तर बिछा दिया।

एक समय की बात है, बादशाह अकबर अपने राज्य के निरीक्षण के लिए निकले हुए थे। वे आगरा से चलकर हरियाणा के बघौला गाँव पहुँचे। उन्होंने कई दरवाजे खटखटाए, लेकिन न किसी ने दरवाजा खोला, न बाहर निकला।

अकबर ने पूछा कि क्या तुम अकेले रहते हो। उसने कहा कि उसके माँ–बाप हैं नहीं। कोई सगा संबंधी नहीं है तो अकेले ही रहना होता है। अकबर ने पूछा कि तुम्हारे गाँव में किसी ने दरवाजा नहीं खोला, इसका क्या कारण है। बालक ने जवाब दिया कि यहाँ बहुत अराजकता है। अधिकारी और सिपाही कभी भी किसी के पास आ धमकते हैं और वसूली करते हैं।

अकबर ने पूछा कि तुम्हें डर नहीं लगता। बालक ने कहा कि उसके पास कुछ है ही नहीं, जो वसूली करें। अकबर ने पूछा कि यह रुकेगा कैसे। बालक ने जवाब दिया कि आप बादशाह हैं, आप रोक

सकते हैं। अकबर चौंका और पूछा कि कैसे पहचाना कि मैं बादशाह हूँ। उसने जवाब दिया कि आपने भेष तो बदला, लेकिन पाँवों में से सोने का कड़ा उतारना भूल गए। जब आप कपड़े बदल रहे थे तो मैंने देख लिया था। इतना वजनदार कड़ा तो कोई बादशाह ही पहन सकता है। अकबर उसकी बुद्धिमता से बहुत खुश हुआ। उसने अपना असली परिचय उजागर कर दिया और पूछा कि तुमने जो कहा है उसे साबित कर सकते हो क्या? बालक ने कहा कि आप यह कड़ा बेचने के लिए गाँव के सुनार के पास किसी को भेजिए।

अकबर ने अपने एक अंगरक्षक को बुलाया और कड़ा बेचने के लिए सुनार के पास भेजा। अंगरक्षक सुनार के घर पहुँचा और दरवाजा खटखटाकर बोला कि कुछ बेचना है। सुनार ने तुरंत दरवाजा खोला। कड़ा देखा और बोला कि यह असली सोना नहीं है। उसने उसका बहुत कम दाम बताया। तभी नंबरदार पहुँच गया और उसमें हिस्सा माँगने लगा। इस बीच दारोगा को भी खबर मिल गई, वह भी हिस्सा लेने पहुँच गया। अकबर ने अपने अंगरक्षकों को भेजकर सबको गिरफ्तार करा लिया।

अकबर ने अपने एक अंगरक्षक को बुलाया और कड़ा बेचने के लिए सुनार के पास भेजा। अंगरक्षक सुनार के घर पहुँचा और दरवाजा खटखटाकर बोला कि कुछ बेचना है। सुनार ने तुरंत दरवाजा खोला। कड़ा देखा और बोला कि यह असली सोना नहीं है। उसने उसका बहुत कम दाम बताया। तभी नंबरदार पहुँच गया और उसमें हिस्सा माँगने लगा। इस बीच दारोगा को भी खबर मिल गई, वह भी हिस्सा लेने पहुँच गया। अकबर ने अपने अंगरक्षकों को भेजकर सबको गिरफ्तार करा लिया।

सुबह जाते समय अकबर ने बालक को दरबार में आने को कहा। बालक ने कहा कि उसे महल में घुसने कौन देगा। अकबर ने उसे अपनी अँगूठी दी और कहा कि इसे दरबान को दिखा देना। वह नहीं रोकेगा।

कुछ दिनों बाद वह बालक आगरा में अकबर के महल के द्वार पर पहुँचा। उसने देखा कि एक नर्तक और नर्तकी अंदर जाना चाहते हैं और द्वारपाल जाने नहीं दे रहा है। उसने दोनों को किनारे बुलाया और कहा कि इनके कान का एक झुमका दे दो, द्वारपाल जाने देगा। उन्होंने ऐसा ही किया और उन्हें प्रवेश की इजाजत मिल गई। इसके बाद बालक जब अंदर जाने लगा तो द्वारपाल ने उसे रोक दिया। उसने बादशाह की अँगूठी दिखाई और बोला कि बादशाह ने इनाम देने के लिए बुलाया है। जो मिलेगा आधा तुम्हारा। इसके बाद उसे अंदर जाने की इजाजत मिल गई।

अकबर तुरंत पहचान गया और बोला कि कुछ माँगो। बालक ने कहा कि मुझे सौ कोड़े का इनाम दीजिए। अकबर हैरान रह गया। बोला कि कोड़ा तो गुनाहगारों को सजा देने के लिए मारा जाता है। उसने कहा कि आपके द्वारपाल ने इसी शर्त पर आने दिया है कि जो इनाम मिलेगा, उसका आधा हिस्सा उसका होगा। तो मेरे हिस्से में तो पचास कोड़े ही आएँगे।

अकबर तुरंत पहचान गया और बोला कि कुछ माँगो। बालक ने कहा कि मुझे सौ कोड़े का इनाम दीजिए। अकबर हैरान रह गया। बोला कि कोड़ा तो गुनाहगारों को सजा देने के लिए मारा जाता है। उसने कहा कि आपके द्वारपाल ने इसी शर्त पर आने दिया है कि जो इनाम मिलेगा, उसका आधा हिस्सा उसका होगा। तो मेरे हिस्से में तो पचास कोड़े ही आएँगे।

अकबर को माजरा समझ में आ गया। उसने तुरंत द्वारपाल को

बुलवाया। उसने बालक के साथ करार से इनकार किया। बालक ने कहा कि यह बिना रिश्वत लिये किसी को अंदर नहीं आने देता। ये जो नर्तक-नर्तकी हैं, इन्हें भी एक कान का झुमका देना पड़ा तो अंदर आने दिया गया। बादशाह ने तलाशी ली तो उसकी जेब से एक कान का झुमका मिल गया। दूसरे कान का झुमका नर्तकी के पास था। अकबर ने द्वारपाल को सौ कोड़े मारने की सजा दी और नौकरी से निकाल दिया। वह एक बार फिर बालक की बुद्धिमता का कायल हुआ। उसने आगरा में उसकी पढ़ाई-लिखाई की व्यवस्था कर दी। बाद में बड़े होने पर उसे अपने नवरत्नों में शामिल कर लिया और बीरबल का नाम दिया। भारत ही नहीं दुनिया के लगभग हर देश में इस तरह के चतुर और हाजिरजवाब किरदारों की कहानियाँ सुनी, सुनाई और पढ़ी जाती हैं।

□

D

धैर्य

कबीरदास का एक दोहा है—

धीरे-धीरे रे मना धीरे सबकुछ होय।
माली सींचे सौ घड़ा ऋतु आए फल होय॥

मानव जीवन जटिलताओं से भरा है। स्थितियाँ अनुकूल और प्रतिकूल होती रहती हैं। इन दोनों के बीच मन को विचलित होने से रोकने की आवश्यकता होती है। सफलता और असफलता दोनों को ही पचाना मुश्किल होता है। लेकिन जीवन की आसानियों और कठिनाइयों के बीच सहनशीलता बनाए रखने की वृत्ति को ही धैर्य कहते हैं। यह एक मानसिक अवस्था है, जो हर स्थिति में व्यक्ति के आचार व्यवहार को संतुलित रखने में मददगार होती है। उसके अंदर क्रोध या खीझ जैसी नकारात्मक प्रवृत्तियों को विकसित होने से रोकती है। दबाव और तनाव को सहन कर सकने की शक्ति देती है। उसके चरित्र को दृढ़ बनाती है।

भगवान् कृष्ण ने अर्जुन को जो गीता का उपदेश दिया था, उसका अभिप्राय भी अर्जुन की सारी शंकाओं का निवारण कर धैर्य के साथ कर्तव्यों के पालन की ओर उन्मुख करना था। अर्जुन का मन युद्धभूमि में विरोधी सेना के अंदर अपने गुरुजनों और परिजनों को देखकर विचलित हो गया था। उन्होंने अपना गांडीव रखकर युद्ध में शामिल नहीं होने का

मन बना लिया था। तब उनके सारथी बने भगवान् कृष्ण ने उन्हें गीता का ज्ञान देकर कर्मयोगी बनने की सलाह दी थी। आत्मा और परमात्मा के बीच मानव जीवन की सच्चाइयों से अवगत कराकर उनके अंदर धैर्य का संचार किया था। उन्होंने फल की चिंता किए बगैर कर्म करते जाने की शिक्षा दी थी।

दरअसल हर व्यक्ति जीवन की बेहतरी के लिए निरंतर प्रयासरत रहता है। अपनी क्षमता भर परिश्रम करता है। लेकिन जब परिश्रम का मनोनुकूल फल नहीं प्राप्त होता तो विचलित होने लगता है। अपने भाग्य को कोसने लगता है।

सच पूछें तो धैर्य धारण करना सबके वश की बात नहीं है। खासतौर पर आज के भौतिकवादी युग में यह अत्यंत कठिन काम है। आज ज्यादातर लोग सफलता के शॉर्टकट रास्ते ढूँढ़ते हैं। रातोरात अमीर बनना चाहते हैं। चाहे इसके लिए गलत रास्तों पर क्यों न चलना पड़े। सभी जानते हैं कि धैर्य का फल मीठा होता है। उसमें स्थायित्व होता है। शॉर्टकट रास्तों से मिली सफलता क्षणिक होती है। यह किसी भी क्षण ताश के पत्तों की तरह भरभराकर बिखर सकती है। पौराणिक कथाओं में ऐसी कहानियाँ भरी पड़ी हैं, जिसमें ब्रह्मा, विष्णु और शिव जैसे देवताओं की कृपा पाने

सच पूछें तो धैर्य धारण करना सबके वश की बात नहीं है। खासतौर पर आज के भौतिकवादी युग में यह अत्यंत कठिन काम है। आज ज्यादातर लोग सफलता के शॉर्टकट रास्ते ढूँढ़ते हैं। रातोरात अमीर बनना चाहते हैं। चाहे इसके लिए गलत रास्तों पर क्यों न चलना पड़े। सभी जानते हैं कि धैर्य का फल मीठा होता है। उसमें स्थायित्व होता है। शॉर्टकट रास्तों से मिली सफलता क्षणिक होती है। यह किसी भी क्षण ताश के पत्तों की तरह भरभराकर बिखर सकती है।

के लिए, उनसे वरदान प्राप्त करने के लिए देव और असुर हजारों-हजार वर्षों तक तपस्या किया करते थे और अंततः अपने लक्ष्य को प्राप्त कर लेते थे। उनके समक्ष प्रकट होने से पहले उनके आराध्य उनके धैर्य की परीक्षा लेते थे। देवलोक की अप्सराएँ उनकी तपस्या भंग करने का हर संभव प्रयास करती थीं। कुछ लोग विचलित भी हो जाते थे, लेकिन जो विचलित नहीं होते थे, वे धैर्य के साथ अपनी तपस्या पूरी करते थे। कहते हैं कि ईश्वर जीवन भर इनसान के धैर्य की परीक्षा लेता रहता है। कभी अकस्मात् सफलता देकर, कभी असफलताओं के जंजाल में फँसाकर। धैर्य सफलता की पहली सीढ़ी होता है।

कहते हैं कि ईश्वर जीवन भर इनसान के धैर्य की परीक्षा लेता रहता है। कभी अकस्मात् सफलता देकर, कभी असफलताओं के जंजाल में फँसाकर। धैर्य सफलता की पहली सीढ़ी होता है।

चीन में मकायु नाम के एक जूडो मास्टर हुए। उनकी कहानी धैर्य धारण करने के सुखद फल का अद्भुत उदाहरण है। मकायु का एक हाथ बचपन से ही कटा हुआ था, लेकिन उसके मन में जूडो सीखने की ललक थी। उन्होंने अपने परिवार के लोगों के समक्ष जब अपनी इच्छा व्यक्त की तो उन्होंने मकायु को हतोत्साहित किया। उन्होंने कहा कि तुम्हारा एक हाथ कटा हुआ है, ऐसे में जूडो सीखना संभव नहीं है। लेकिन जब वे 10 वर्ष के हुए तो उनकी इच्छा और भी दृढ़ हो गई। अब वे जूडो सीखना ही नहीं, उसका मास्टर बनना चाहते थे। वे कहने लगे कि मुझे सिर्फ जूडो सीखना नहीं है, बल्कि लोगों को सिखाना भी है। उनकी जिद और प्रबल इच्छाशक्ति को देखते हुए घर के लोगों ने उन्हें उस समय के जूडो के मास्टर के पास पहुँचाया। मास्टर ने उनके संकल्प को देखकर अपने शिष्य के रूप में स्वीकार कर लिया। मास्टर ने पूछा कि तुम्हारा तो

एक ही हाथ है। कैसे सीखोगे? मकायु ने कहा, मुझे यह नहीं मालूम कि मेरे पास क्या है, पर मुझे यह पता है मुझे जूडो सीखना है और मैं सीख लूँगा। एक हाथ नहीं है तो क्या हुआ, मुझे सीखना है, सीखूँगा। उनकी दृढ़ता को देखकर गुरु के मन में भी उसे सिखाने का भाव आया। गुरु ने कहा कि तुम्हें मैं सिखाऊँगा, पर एक शर्त है, जैसा मैं तुम्हें कहूँगा, तुम्हें वही करना होगा। मकायु ने हामी भर दी। उस बैच में बहुत सारे बच्चे जूडो सीख रहे थे। गुरु ने मकायु को केवल एक ही किक की शिक्षा दी। एक साल गुजर गया, उसके साथ के दूसरे लोगों को गुरु ने जूडो के कई दाँव-पेच सिखलाए, लेकिन मकायु को सिंगल किक के अलावा कुछ नहीं सिखाया। उसे सिर्फ एक पैर चलाने की कला सिखाई। उसके मन में एक बार तो आया कि औरों को तो बहुत कुछ सिखा दिया गया और मैंने इतने दिनों में केवल एक किक लगाना ही सीखा है, लेकिन मन में विश्वास था कि गुरु ने अगर मुझे कुछ कहा है तो उसके पीछे कोई वजह होगी। वह धैर्यपूर्वक उनकी पूरी बात सीखता रहा। 1 साल हो गया, 2 साल हो गए, 3 साल हो गए। एक-दो बार उसके मन में ऐसा भी आया कि सब छोड़ करके जाऊँ, दूसरे लोग क्या

गुरु ने मकायु को केवल एक ही किक की शिक्षा दी। एक साल गुजर गया, उसके साथ के दूसरे लोगों को गुरु ने जूडो के कई दाँव-पेच सिखलाए, लेकिन मकायु को सिंगल किक के अलावा कुछ नहीं सिखाया। उसे सिर्फ एक पैर चलाने की कला सिखाई। उसके मन में एक बार तो आया कि औरों को तो बहुत कुछ सिखा दिया गया और मैंने इतने दिनों में केवल एक किक लगाना ही सीखा है, लेकिन मन में विश्वास था कि गुरु ने अगर मुझे कुछ कहा है तो उसके पीछे कोई वजह होगी।

से क्या सीख गए, लेकिन फिर गुरु की बात याद आई कि मैं तुम्हें जो कहूँगा, वह तुम्हें करना होगा। उसने अपने मन में धैर्य रखा और सीखता गया। 4 वर्ष पूरे होने के बाद गुरु ने अपने सब शिष्यों को बुलाया और कहा तुम लोगों को मुझे जो शिक्षा देनी थी दे दी। आज तुम लोगों की परीक्षा का दौर है और तुम में से जो परीक्षा में पास होगा, उसे मैं अपनी तरह प्रशिक्षक बनाऊँगा। मेरी जगह वह औरों को प्रशिक्षण देगा। परीक्षा के दौर में प्रारंभिक दो मैचों में मकायु आराम से जीत गया। वो एक किक लगाने में इतना निपुण हो गया था कि उसे विश्वास हो चला था कि वह जो भी चाहे कर सकता है। लेकिन तीसरे मैच में उसका प्रतिभागी उससे ज्यादा हृष्ट-पुष्ट था। मकायु की हिम्मत एकबारगी डाँवाँडोल हो गई। एक पल को वह घबराया। प्रतिभागी उसपर भारी पड़ रहा था। वहाँ मौजूद लोगों ने सुझाव दिया कि मैच डिक्लेयर कर दिया जाए और अगले को विजेता करार दिया जाए। लेकिन मकायु के गुरु ने कहा, नहीं पूरा मैच होने दो, उसके बाद डिक्लेरेशन होगा। मैच हुआ, उसने देखा, यह एक हाथ का आदमी मेरे आगे लगेगा क्या। उसने अपने गार्ड हटा दिए और जैसे ही उसने गार्ड हटाया मकायु ने उसी समय एक संधि का प्रयोग किया और उसे एक जोर का किक मारा। इस एक दाँव में प्रतिभागी परास्त हो गया और मकायु मैच जीत गया। बाद में वह जूडो का मास्टर बन गया। उसके गुरु ने माना कि मकायु को यह उपलब्धि उसके धैर्य के कारण हासिल

> ***4 वर्ष तक उसने इतना धैर्य रखा कि एक मजबूत खिलाड़ी बनकर सामने आया। उसके एक हाथ की कमजोरी ही उसकी ताकत बन गई। उसने एक ही डायरेक्शन में किक मारने की कला सीखी और उसमें सिद्धहस्त हो गया। वह सामनेवाले के हाथ को पकड़कर कुछ भी कर सकता था।***

हुई। 4 वर्ष तक उसने इतना धैर्य रखा कि एक मजबूत खिलाड़ी बनकर सामने आया। उसके एक हाथ की कमजोरी ही उसकी ताकत बन गई। उसने एक ही डायरेक्शन में किक मारने की कला सीखी और उसमें सिद्धहस्त हो गया। वह सामने वाले के हाथ को पकड़कर कुछ भी कर सकता था। इस कहानी का संदेश यही है कि जिसके मन में धैर्य है, उसे जीवन में सफलता अवश्य मिलती है। सफलता मिलने में जितनी देर होती है, उसमें उतना ही स्थायित्व होता है। इसलिए मनुष्य को चाहे जितनी भी विपरीत परिस्थिति हो, धैर्य नहीं खोना चाहिए।

□

E

इच्छाशक्ति

मानव-मन में तरह-तरह की इच्छाएँ आकार ग्रहण करती रहती हैं। उनमें कुछ का जीवन से संबंध होता है और कुछ बिना सिर पैर की काल्पनिक और निरर्थक होती हैं। वे पानी के बुलबुले की तरह उठती हैं और हवा में विलीन हो जाती हैं। लेकिन कुछ इच्छाएँ इतनी प्रबल होती हैं कि उन्हें पूरा करना जीवन का लक्ष्य बन जाता है। सच्चाई यह है कि इच्छा बलवती और इच्छाशक्ति प्रबल हो तो वह जीवन में जो चाहे हासिल कर सकता है। उसे सफल होने से कोई नहीं रोक सकता। एक समय हिमालय की एवरेस्ट चोटी अजेय मानी जाती थी, लेकिन आज उसपर फतह पानेवालों की संख्या सैकड़ों में है। जर्मनी का तानाशाह एडोल्फ हिटलर प्रथम विश्वयुद्ध में एक साधारण सैनिक के रूप में शामिल हुआ था, लेकिन जर्मनी की पराजय को उसने स्वीकार नहीं किया था। विजेता देशों ने वर्साय संधि के जरिए जर्मनी पर जो पाबंदियाँ लगाई थीं, हिटलर को वह अस्वीकार्य था। उसने पैदल घूमकर लोगों के बीच अपनी बात रखनी शुरू की और देखते-देखते जर्मनी का चांसलर बन बैठा। उसने सीधे तौर पर वर्साय संधि को मानने से इनकार कर दिया। वह दुनिया के लिए खतरनाक और सनकी तानाशाह था, लेकिन इस बात से कोई इनकार नहीं कर सकता कि उसने अपनी इच्छाशक्ति की बदौलत जर्मनी को फिर से अपने पैरों पर खड़ा कर दिया

था।

कहते हैं कि नेपोलियन के हाथ में भाग्यरेखा नहीं थी। किसी ज्योतिषी ने उसको यह बात बताई तो उसने पूछा यह रेखा कहाँ होती है। उसने बताया तो नेपोलियन ने अपनी कटार से चीरकर भाग्यरेखा बना दी। ज्योतिषी अवाक् रह गया। उसने कहा कि जिसकी इच्छाशक्ति इतनी मजबूत है, वह अपना भाग्य खुद बना सकता है। अल्लामा इकबाल का मशहूर शेर है—

खुदी को कर बुलंद इतना कि हर तकदीर से पहले
खुदा बंदे से खुद पूछे, बता तेरी रजा क्या है।

वास्तव में जब इच्छाशक्ति मजबूत होती है तो मनुष्य अपना भाग्यविधाता स्वयं बन जाता है।

प्राचीन समय में एक ऋषि थे। उनके आश्रम में बहुत सारे शिष्य शिक्षा ग्रहण करते थे। उन शिष्यों में कुछ राजकुमार थे तो कुछ निर्धन परिवारों के बच्चे भी थे। एक दिन ऋषि पेड़ के नीचे बैठकर उन्हें संस्कृत का पाठ पढ़ा रहे थे। पाठ पूरा होने पर उन्होंने एक निर्धन बच्चे को पढ़ाए हुए संस्कृत के श्लोकों का अर्थ बताने के लिए कहा। लेकिन वह उन्हें पढ़ ही नहीं पाया। इसपर ऋषि क्रोधित हुए और उस शिष्य को डंडे मारने के लिए अपने हाथ आगे बढ़ाने के लिए कहा। शिष्य ने डरते-डरते अपने हाथ ऋषि के आगे कर दिए।

प्राचीन समय में एक ऋषि थे। उनके आश्रम में बहुत सारे शिष्य शिक्षा ग्रहण करते थे। उन शिष्यों में कुछ राजकुमार थे तो कुछ निर्धन परिवारों के बच्चे भी थे। एक दिन ऋषि पेड़ के नीचे बैठकर उन्हें संस्कृत का पाठ पढ़ा रहे थे। पाठ पूरा होने पर उन्होंने एक निर्धन बच्चे को पढ़ाए हुए संस्कृत के श्लोकों का अर्थ बताने के लिए कहा। लेकिन वह उन्हें पढ़ ही नहीं पाया।

जैसे ही ऋषि ने उस शिष्य के हाथों को देखा तो वे बोले, तुम्हारे हाथ में विद्या की तो कोई रेखा ही नहीं है, इसलिए तुम्हारा शिक्षा ग्रहण करना ही बेकार है। वह शिष्य अपने गुरुजी के वक्तव्य से अंदर तक हिल गया। वह अपने स्थान से उठा और आश्रम के बाहर चला गया। थोड़ी ही देर में वह वापस आश्रम में आया तो उसकी हथेली से खून बह रहा था। ऋषि ने पूछा—तुम्हारे हाथ में यह क्या हुआ ? यह घाव कैसे हो गया ? शिष्य ने बड़ी गंभीरता से कहा—गुरुजी यह घाव नहीं है, बल्कि विद्या की रेखा है, जिसे मैंने खुद अपनी हथेली पर बनाया है।

ऋषि ने तुरंत ही अपने शिष्य का उपचार किया और उस शिष्य की दृढ़ इच्छाशक्ति से बहुत प्रभावित हुए। उस दिन से ऋषि ने उस शिष्य पर पूरा ध्यान देना शुरू कर दिया और शिष्य भी अपने गुरुजी का पूरा प्रेम पाकर खूब परिश्रम करने लगा। उसकी दृढ़ इच्छाशक्ति, परिश्रम और लगन तथा ऋषि के लगाव ने उसे संस्कृत का प्रकांड विद्वान् बना दिया और उस शिष्य का नाम था—पाणिनी। जिन्होंने बड़े होकर संस्कृत का पहला व्याकरण ग्रंथ लिखा।

दरअसल यह कतई जरूरी नहीं है कि बड़ी सफलता के लिए बड़े काम के साथ शुरुआत की जाए। किसी भी बड़ी कामयाबी के लिए शुरुआत छोटी सही, लेकिन समय पर पूरे दृढ़ निश्चय और मेहनत तथा लगन से होनी चाहिए। जिलेट कंपनी ने कभी भी हवाई जहाज या कार बनाने की कोशिश नहीं की थी, उन्होंने रोज काम में आनेवाली चीज सेफ्टी रेजर बनाने की सोची, लेकिन उसमें दिलोजान से लगे और कामयाब हुए।

दुनिया में जितने भी महान् कार्य हुए हैं, वह इच्छाशक्ति की बदौलत ही हुए हैं। इसलिए हर व्यक्ति को चाहिए कि वह अपने मन की कमजोरियों को दूर कर दृढ़ इच्छाशक्ति और दृढ़ संकल्प वाला बने।

□

F

फैसला

आपकी कामयाबी इस बात पर निर्भर करती है कि आप सही समय पर सही फैसला कर पाते हैं अथवा नहीं। एक सही फैसला इनसान को अर्श की ऊँचाइयों तक पहुँचा सकता है और एक गलत फैसला उसे रसातल में धकेल सकता है। परिवार का मुखिया अगर सटीक फैसला लेनेवाला हो तो परिवार तरक्की करता है और अगर वह उधेड़बुन में उलझे रहनेवाली मानसिकता का हो तो अच्छे-अच्छे अवसर हाथ से निकल जाते हैं। बॉलीवुड में अपने जबरदस्त संवाद प्रेषण के लिए मशहूर रहे अदाकार राजकुमार मुंबई पुलिस में इंस्पेक्टर के पद पर थे। उनके पास फिल्मी हस्तियों का आना-जाना रहता था। अच्छी-खासी नौकरी थी। जीवन सही ढंग से चल रहा था। ऐसे में उन्हें फिल्मों में अभिनय का ऑफर आया तो उनके लिए जीवन का महत्त्वपूर्ण फैसला लेने का समय था। वे पुलिस की नौकरी छोड़ते और फिल्मों में सफल नहीं हो पाते तो उनके जीवन का सफर बेहद कठिन हो जाता। लेकिन सफल हो जाते तो जीवन का रंग ही बदल जाता। उन्होंने सभी पहलुओं पर सोच विचार के बाद अभिनय के क्षेत्र में जाने का फैसला किया और यह उनके जीवन का सबसे सटीक फैसला साबित हुआ। कुछ शुरुआती फिल्में फ्लॉप भी हुईं, लेकिन इसके बाद उनके संवाद प्रेषण का सिक्का बॉलीवुड में इस कदर जमा कि उनके देहावसान के बाद भी उनके

डायलॉग दर्शकों को याद हैं। फैसला हमेशा महत्त्वपूर्ण होता है। चाहे वह व्यक्ति के स्तर का हो, परिवार के स्तर का हो अथवा राष्ट्र के स्तर का।

एक तकनीकी संस्थान के प्रिंसिपल थे। जर्मनी में पढ़े-लिखे। रहन-सहन और पहनावे के मामले में आधुनिक, लेकिन विचारों में पूरी तरह दकियानूसी। यूरोपीय और भारतीय संस्कृति के बीच पेंडुलम की तरह झूलता व्यक्तित्व था उनका। अपने छात्रों को कड़े अनुशासन में रखते थे, लेकिन उसे अपने जीवन पर लागू नहीं करते थे। जो कमाते थे, उसे सिगरेट, शराब और क्लब में उड़ा देते थे। भारतीयों की तरह धन का संचय करने में उनका विश्वास नहीं था। पूर्वजों ने काफी संपत्ति छोड़ रखी थी। उन्होंने अपने बच्चों को भी कड़े अनुशासन में रखा था। बेटियों को इतनी छूट नहीं थी कि कैंपस के बाहर अपनी मित्र मंडली बना सकें। एक बार उन्हें महसूस हुआ कि अब बेटियाँ बड़ी हो गई हैं। उनकी शादी कर देनी चाहिए। उनके पास इसके लिए कोई जमापूँजी थी नहीं। उन्होंने फैसला किया कि पुश्तैनी जायदाद में अपना हिस्सा बेच देंगे। वे पैतृक गाँव पहुँचे। भाइयों ने कहा कि उनका जो हिस्सा बनता है उनसे नकद ले लें और संपत्ति को बने रहने दें। लेकिन वे जिद पर अड़ गए कि सबकुछ बिकेगा और जो राशि आएगी

उन्होंने फैसला किया कि पुश्तैनी जायदाद में अपना हिस्सा बेच देंगे। वे पैतृक गाँव पहुँचे। भाइयों ने कहा कि उनका जो हिस्सा बनता है उनसे नकद ले लें और संपत्ति को बने रहने दें। लेकिन वे जिद पर अड़ गए कि सबकुछ बिकेगा और जो राशि आएगी वह बँटेगी। भाइयों से झगड़ा कर औने-पौने भाव में सारी संपत्ति बिकवा दी। अपने हिस्से की नकद राशि बटोरी और वापस लौट आए। लेकिन उनपर पाश्चात्य चार्वाकवादी दर्शन हावी हो गया।

वह बँटेगी। भाइयों से झगड़ा कर औने-पौने भाव में सारी संपत्ति बिकवा दी। अपने हिस्से की नकद राशि बटोरी और वापस लौट आए। लेकिन उनपर पाश्चात्य चार्वाकवादी दर्शन हावी हो गया। शादी के लिए वर ढूँढ़ने की जगह उन्होंने सोचा कि क्यों न क्लब में जुआ खेलकर इस राशि को कई गुना कर लिया जाए। उन्होंने यही किया। लेकिन कुछ ही दिनों में सारी जमापूँजी से हाथ धो बैठे। अपने ढुलमुल स्वभाव और गलत फैसले के कारण उन्होंने अपने परिवार ही नहीं अपने पूरे खानदान को संपत्तिविहीन कर दिया और बेटियों की शादी भी नहीं की।

पृथ्वी के तमाम जीव-जंतुओं में फैसले लेने की आजादी केवल मनुष्य को ईश्वर प्रदत्त वरदान के रूप में मिली है। अगर इसके लिए औरों पर निर्भर रहना पड़े तो जीवन का कोई मतलब ही नहीं रह जाए। लेकिन अपनी मरजी से फैसले लेने की आजादी कई तरह की चुनौतियाँ भी पेश करती है, क्योंकि परिणाम की जिम्मेदारी हमेशा फैसला लेनेवाले की होती है। जिंदगी के हर पड़ाव पर इनसान को महत्त्वपूर्ण फैसले करने पड़ते हैं।

> ***अपनी मरजी से फैसले लेने की आजादी कई तरह की चुनौतियाँ भी पेश करती है, क्योंकि परिणाम की जिम्मेदारी हमेशा फैसला लेनेवाले की होती है। जिंदगी के हर पड़ाव पर इनसान को महत्त्वपूर्ण फैसले करने पड़ते हैं।***

कुछ फैसले तात्कालिक प्रभाव डालनेवाले होते हैं, कुछ दूरगामी प्रभाव डालनेवाले। अपना कॅरियर चुनना, जीवन साथी चुनना जैसे कई फैसले ऐसे होते हैं, जो बच्चे स्वयं लें तो अनुभवहीनता के कारण गलत होने का खतरा होता है और माता-पिता लें तो पीढ़ी अंतराल के कारण उसके सही होने में असमंजस की स्थिति बनी रहती है। कई फैसले ऐतिहासिक प्रभाव डालनेवाले होते हैं। किसी देश की सरकार के फैसलों का प्रभाव कई सदियों तक बरकरार

रहता है। आजादी के कुछ ही वर्षों के बाद भारत में खाद्यान्न संकट उत्पन्न हो गया था। उस समय देशवासियों के भोजन के लिए कनाडा से गेहूँ आयात करना पड़ा था। सरकार ने इस संकट से निपटने के लिए कृषि वैज्ञानिक एम.एस. स्वामीनाथन की अध्यक्षता में एक कृषि आयोग का गठन किया। उसकी अनुशंसा पर सरकार ने कनाडा से रासायनिक खेती की तकनीक का आयात किया और हरित क्रांति का नारा दिया। इस फैसले का तात्कालिक तौर पर लाभ मिला। खाद्यान्न उत्पादन के मामले में देश आत्मनिर्भर हो गया। लेकिन इसका दूरगामी प्रभाव घातक साबित हुआ। 90 का दशक आते-आते रसायनों के प्रयोग के कारण खेतों की मिट्टी जहरीली होने लगी और उसकी उर्वरता पर नकारात्मक असर पड़ने लगा। यहाँ तक कि खाद्यान्न की शुद्धता भी खत्म होने लगी। उसमें जहरीले रसायनों का अंश आने लगा, जो जन-स्वास्थ्य के लिए आज भी समस्या बना हुआ है।

सच पूछें तो मानव सभ्यता की शुरुआत ही एक गलत फैसले से हुई। कहते हैं कि आदम ने हव्वा के कहने पर वह फल खा लिया, जिसके खाने पर प्रतिबंध था। इसके कारण उन्हें स्वर्ग से बाहर निकाल दिया गया। हव्वा की जिद पर आदम का फैसला पूरी मानव जाति के लिए घातक साबित हुआ। सीधा मतलब है कि मानव संस्कृति की शुरुआत ही एक गलत फैसले से हुई।

सच पूछें तो मानव सभ्यता की शुरुआत ही एक गलत फैसले से हुई। कहते हैं कि आदम ने हव्वा के कहने पर वह फल खा लिया, जिसके खाने पर प्रतिबंध था। इसके कारण उन्हें स्वर्ग से बाहर निकाल दिया गया। हव्वा की जिद पर आदम का फैसला पूरी मानव जाति के लिए घातक साबित हुआ। सीधा मतलब है कि मानव संस्कृति की

शुरुआत ही एक गलत फैसले से हुई। इसी तरह अगर दुर्योधन पांडवों को हस्तिनापुर राज्य में उनका हिस्सा देने को तैयार हो जाता तो महाभारत का युद्ध नहीं होता। रावण यदि सीता को सम्मान सहित राम के हवाले करने का फैसला ले लेता तो राक्षस जाति का विनाश नहीं होता।

जीवन के हर फैसले का भारी असर होता है, चाहे उसका दायरा एक व्यक्ति तक सीमित हो, देश-समाज तक हो अथवा पूरे ब्रह्मांड तक। इसलिए इनसान को बहुत सोच-समझकर मगर त्वरित फैसले लेने चाहिए।

□

G

जुझारूपन

विपरीत परिस्थितियों को अनुकूल बनाने के संघर्ष के जज्बे को जुझारूपन कहते हैं। मानव जीवन संघर्ष का ही दूसरा नाम है। धरती के तमाम जीव-जंतु आज भी अपने प्राकृतिक रहवास में रहते हैं। लेकिन मनुष्य पूर्व पाषाण काल से लेकर परमाणु युग तक अपनी विकास यात्रा जारी रख सका। इस मुकाम तक पहुँच सका। धरती की सीमाएँ नापकर चंद्रमा और मंगल ग्रह तक पहुँचने लगा तो यह विपरीत परिस्थितियों से लड़ने की उसकी क्षमताओं के कारण ही संभव हुआ। अगर यह गुण नहीं होता तो वह आज आदिमानव की तरह जंगलों, पहाड़ों की गुफाओं, कंदराओं में पड़ा रहता और कंद-मूल खाकर या शिकार करके जीवित रहता। लेकिन यह भी सत्य है कि संस्कृति के साथ-ही-साथ विकृति का भी जन्म होता है और समय-समय पर उसकी सफाई की जरूरत पड़ती है। यह काम समाज सुधारकों और महापुरुषों का होता है। हमारे बीच से ही समय-समय पर धारा के खिलाफ चलने वाले ऐसे महापुरुष उत्पन्न होते हैं और समाज को एक दिशा प्रदान कर जाते हैं। आज तक जितने भी महापुरुष हुए, वे अपने जुझारूपन के तहत ही क्रांतिकारी परिवर्तन के साक्षी बने और इतिहास में अपना नाम दर्ज करा गए।

19वीं शताब्दी में जब स्वामी विवेकानंद ने शिकागो के सर्वधर्म

सम्मेलन (सभा) में भागीदारी का निर्णय लिया तो उनके पास इसके लिए कुछ भी नहीं था। लेकिन संयोग बनते गए। यात्रा के लिए आवश्यक तमाम चीजें उन्हें हासिल हो गईं और वे शिकागो पहुँच गए। उस समय भारत को सपेरों और जादूगरों का देश माना जाता था। यहाँ के आध्यात्मिक ज्ञान और सांस्कृतिक विरासत से पाश्चात्य देशों के लोग परिचित नहीं थे। ईसाई मिशनरियों का दबदबा था। स्वामीजी न आमंत्रित थे, न किसी संस्था द्वारा अनुशंसित। लेकिन वे एक योद्धा थे। उन्होंने अपने व्यक्तित्व के आधार पर संपर्कों का दायरा बनाया और धर्मसभा में एक वक्ता के रूप में शामिल होने का जुगाड़ कर लिया। जब उन्होंने अपना वक्तव्य रखना शुरू किया तो लोग मंत्रमुग्ध हो गए। उनकी वाणी का प्रभाव अमेरिका से लेकर यूरोप तक छा गया। इसके बाद जितने दिनों तक आयोजन जारी रहा, उन्हें विशेष वक्ता के रूप में पेश किया जाता रहा। उनको सुनने के लिए भीड़ जमा होने लगी। उन्होंने हिंदू धर्म और अध्यात्म के प्रति लोगों की धारणा बदल दी। धर्मसभा संपन्न होने के बाद उन्हें अमेरिका और यूरोपीय देशों के शहरों में वक्ता के रूप में आमंत्रित किया जाने लगा। उनके मित्रों और शिष्यों की संख्या बढ़ने लगी। उन्होंने विदेशों में वैदिक धर्म का सिक्का जमा दिया। यह कोई आसान काम नहीं था। वे हमेशा अनीश्वरवादियों, मिशनरियों और यहाँ तक कि कुछ भारतीय संस्थाओं के निशाने पर रहे। उनके खिलाफ दुष्प्रचार, षड्यंत्र

19वीं शताब्दी में जब स्वामी विवेकानंद ने शिकागो के सर्वधर्म सम्मेलन (सभा) में भागीदारी का निर्णय लिया तो उनके पास इसके लिए कुछ भी नहीं था। लेकिन संयोग बनते गए। यात्रा के लिए आवश्यक तमाम चीजें उन्हें हासिल हो गईं और वे शिकागो पहुँच गए। उस समय भारत को सपेरों और जादूगरों का देश माना जाता था।

चलते रहे, लेकिन वे अपनी मुहिम में लगे रहे। वे विपरीत परिस्थितियों के खिलाफ जुझारू संघर्ष करते रहे, इसलिए उन्हें सिर्फ संन्यासी नहीं, बल्कि संन्यासी योद्धा कहा गया। अपने जुझारूपन के कारण ही वे अपने देहावसान के दो दशक बीत चुकने के बाद भी युवा वर्ग के आदर्श और मार्गदर्शक बने हुए हैं। उनकी जयंती युवा दिवस के रूप में मनाई जाती है।

स्वतंत्रता संग्राम के दौरान सेनानियों की बात करें तो हमें 1857 के पहले स्वतंत्रता संग्राम से लेकर 20वीं सदी के निर्णायक संग्राम तक कई महानायक याद आएँगे। बाबू कुँवर सिंह ने 80 वर्ष की उम्र में अंग्रेजों के खिलाफ तलवाई उठाई तो यह उनका जुझारूपन ही था। सरदार भगत सिंह ने जब असेंबली में बम पटका या चंद्रशेखर आजाद ने जब पिस्तौल उठाई या राजगुरु, खुदीराम बोस जैसे क्रांतिकारियों ने आजादी की जंग में अपने प्राणों को दाँव पर लगा दिया तो यह उनका जुझारूपन ही था। वे अच्छी तरह जानते थे कि वे ब्रिटिश सत्ता को तत्काल उखाड़ फेंकने की स्थिति में नहीं हैं, लेकिन उन्होंने जो कुछ किया, वह भारत की जनता को जागरुक करने के लिए और निर्णायक लड़ाई के लिए तैयार करने के लिए किया। नेताजी सुभाष चंद्र बोस ने कांग्रेस से अलग होकर आजाद हिंद सेना बनाई और विक्षुब्ध राष्ट्रों के साथ गठबंधन कर दूसरे विश्वयुद्ध में उतरे तो उन्होंने बहुत बड़ा जोखिम उठाया था। उन्हें पता था कि यदि विक्षुब्ध राष्ट्र युद्ध जीते तो वे भारत को सैन्य बल के आधार पर आजाद करा देंगे, लेकिन यदि मित्र राष्ट्र जीते तो उन्हें युद्ध अपराधी घोषित कर

स्वतंत्रता संग्राम के दौरान सेनानियों की बात करें तो हमें 1857 के पहले स्वतंत्रता संग्राम से लेकर 20वीं सदी के निर्णायक संग्राम तक कई महानायक याद आएँगे। बाबू कुँवर सिंह ने 80 वर्ष की उम्र में अंग्रेजों के खिलाफ तलवाई उठाई तो यह उनका जुझारूपन ही था।

दिया जाएगा और उनके लिए भारत वापस लौटना कठिन हो जाएगा। हुआ भी यही, युद्ध समाप्त होने के बाद वे दुनिया की नजरों से ओझल हो गए। लेकिन आजाद हिंद फौज के गठन के समय यूरोपीय देशों के भ्रमण के दौरान उन्होंने अंग्रेजों की औपनिवेशिक सत्ता की गड़बड़ियों को उजागर किया और भारत की आजादी के सवाल को अंतरराष्ट्रीय मुद्दा बना दिया। नतीजा यह हुआ कि युद्ध समाप्त होने के बाद ब्रिटेन की औपनिवेशिक सत्ता की वैश्विक स्तर पर आलोचना होने लगी और युद्ध में बेतहाशा खर्च के कारण उसके लिए अपने उपनिवेशों को चला पाना कठिन हो गया। चौतरफा दबाव के कारण उसने भारत को आजाद करने का फैसला किया, लेकिन सत्ता का हस्तांतरण अपनी शर्तों पर किया। नेताजी ने अपने जुझारूपन के तहत आजादी का माहौल तैयार किया, भले वे सत्ता हस्तांतरण का गवाह नहीं बन, पाए, और राष्ट्र-निर्माण में योगदान नहीं दे सके।

जीवन में सफलता के लिए हर मनुष्य के अंदर जुझारूपन का होना आवश्यक है। यही उसे जीवन-संघर्ष की शक्ति देता है। इस संसार में शायद ही कोई ऐसा व्यक्ति हो, जिसे विपरीत स्थितियों में अपने पाँव टिकाए रखने के लिए संघर्ष न करना पड़ा हो। एडोल्फ हिटलर को दुनिया के सबसे खूँखार तानाशाह के रूप में याद किया जाता है। वह अति राष्ट्रवादी था। लेकिन उसे यह रूप क्यों धारण

जीवन में सफलता के लिए हर मनुष्य के अंदर जुझारूपन का होना आवश्यक है। यही उसे जीवन-संघर्ष की शक्ति देता है। इस संसार में शायद ही कोई ऐसा व्यक्ति हो, जिसे विपरीत स्थितियों में अपने पाँव टिकाए रखने के लिए संघर्ष न करना पड़ा हो। एडोल्फ हिटलर को दुनिया के सबसे खूँखार तानाशाह के रूप में याद किया जाता है।

करना पड़ा यह गौर करने का विषय है। प्रथम विश्वयुद्ध में हिटलर एक साधारण सिपाही के रूप में लड़ा था। जब मित्र राष्ट्रों की जीत और विक्षुब्ध राष्ट्रों की हार की घोषणा हुई तो वह अस्पताल में घायल होकर बेहोश पड़ा था। होश आने पर जब उसे परिणाम की जानकारी हुई तो वह चिल्लाकर बोला था कि सेना नहीं हारी है, सेनानायक हारे हैं। इसके बाद वर्साय संधि के जरिए जर्मनी पर कई तरह के प्रतिबंध लगा दिए गए, हर्जाना वसूला गया। अस्पताल से निकलने के बाद हिटलर जर्मनी के विभिन्न इलाकों में घूम-घूमकर अपनी बात रखने लगा। उसने अपनी आत्मकथा माइनकैंफ लिखी और लोगों तक पहुँची। देखते-देखते उसकी नात्सी सेना और पार्टी तैयार हो गई और वह जर्मनी का चांसलर बन बैठा। अपने भ्रमणकाल में वह कहता था कि वर्साय संधि गलत है, इसे स्वीकार नहीं किया जा सकता। चांसलर बनने के बाद उसने इस संधि को मानने से इनकार कर दिया और प्रतिबंधों को नकार दिया। उसके जुझारूपन ने जर्मन राष्ट्र के स्वाभिमान को पुनर्स्थापित किया और दूसरे विश्वयुद्ध का माहौल तैयार किया। उसका जुझारूपन पूरे विश्व के लिए गंभीर खतरा बन गया था और उसे इसका परिणाम भुगतना पड़ा।

अस्पताल से निकलने के बाद हिटलर जर्मनी के विभिन्न इलाकों में घूम-घूमकर अपनी बात रखने लगा। उसने अपनी आत्मकथा माइनकैंफ लिखी और लोगों तक पहुँची। देखते-देखते उसकी नात्सी सेना और पार्टी तैयार हो गई और वह जर्मनी का चांसलर बन बैठा। अपने भ्रमणकाल में वह कहता था कि वर्साय संधि गलत है, इसे स्वीकार नहीं किया जा सकता।

हर किसी को अपने जीवन की लड़ाई लड़नी होती है। इसके

लिए मानसिक रूप से तैयार रहना होता है। जो इसके लिए तैयार नहीं रहता, वह तनाव और अवसाद का शिकार हो जाता है। कई लोग जीवन से हारकर आत्महत्या तक कर बैठते हैं। आज के समय यह वैश्विक समस्या का रूप ले चुका है। इसलिए संघर्षशीलता और जुझारूपन इस दौर में अस्तित्व रक्षा की आवश्यक शर्त बन चुका है। अगर यह अपने स्वभाव में जन्मगत अथवा सामाजिक माहौल जनित न हो तो इसे अपने अंदर विकसित करने की जरूरत होती है। जीवन की जंग से भागकर गुफाओं, कंदराओं में छुप जाना आसान है, लेकिन उसमें शामिल होकर विजय पताका लहराना जीवट का काम है।

□

H

हँसी-मजाक

हास्य और व्यंग्य मनुष्य को मानसिक तनाव से मुक्ति दिलाते हैं, लेकिन कभी-कभी तनावग्रस्त भी कर देते हैं। यह उनके अनुपात पर निर्भर करता है। हास्य के साथ व्यंग्य अनिवार्य रूप से जुड़ा होता है। व्यंग्य के बिना हास्य पैदा नहीं हो सकता और हास्य के बिना व्यंग्य सार्थक नहीं हो सकता। वे एक-दूसरे के पूरक होते हैं। यदि किसी रचना, रूपक अथवा टिप्पणी में हास्य का स्वर मुखर हो और व्यंग्य उसकी सहयोगी भूमिका में हो तो यह विशुद्ध रूप से मनोरंजन की सामग्री होगी। इसे हास्यप्रधान व्यंग्य कहा जा सकता है। इससे किसी को कोई परेशानी नहीं होगी। सभी आनंदित होंगे। तनाव रहित हो जाएँगे। लेकिन अगर व्यंग्य मुख्य हो और हास्य का अनुपात कम हो तो वह उन लोगों को व्यथित कर सकता है, जिन्हें इसके जरिए निशाना बनाया गया हो। जिनका मखौल उड़ाया गया हो। कटाक्ष किया गया हो। व्यंग्यप्रधान हास्य किसी के मन को गुदगुदाता है तो किसी के मन को कचोटता भी है। हालाँकि आम लोगों को दोनों ही स्थितियाँ आनंदित करती हैं।

हमारे सामाजिक ढाँचे में कुछ रिश्तों को हँसी-मजाक की छूट के आधार पर गठित किया गया है। मसलन साला-बहनोई, जीजा-साली, मामा-भाँजा, देवर-भाभी आदि के रिश्तों के बीच हँसी मजाक

को सामाजिक मान्यता मिली हुई है। हालाँकि इनके अंदर मर्यादा की एक लक्ष्मण रेखा भी है, जिसका अतिक्रमण नहीं किया जा सकता। इन रिश्तों के बीच हँसी-मजाक भी तनाव मुक्ति का ही काम करता है। जीवन में रस घोलने का काम करता है। जहाँ कहीं भी ये इकट्ठे होते हैं, वह जगह ठहाकों की गूँज से भर जाती है। जिससे पूरे घर के अंदर उल्लास का माहौल बन जाता है। इसके अलावा रंगों का त्योहार होली ऐसा त्योहार है, जिसमें एक-दूसरे का खुलकर मजाक उड़ाने की आजादी होती है। इस मौके पर किसी के कटाक्ष का कोई बुरा नहीं मानता।

सामाजिक मान्यता के बाद भी आपसी संबंधों में कभी चुभनेवाली बात नहीं कहनी चाहिए। जैसे कोई कम सुनता तो उसे बहरा या कम देख पाता हो तो उसे अंधा नहीं कहना चाहिए। यह हास्य की जगह खीज की उत्पत्ति करेगा। इसलिए हँसी मजाक में इस तरह की टिप्पणियों से बचना चाहिए।

सामाजिक मान्यता के बाद भी आपसी संबंधों में कभी चुभनेवाली बात नहीं कहनी चाहिए। जैसे कोई कम सुनता तो उसे बहरा या कम देख पाता हो तो उसे अंधा नहीं कहना चाहिए। यह हास्य की जगह खीज की उत्पत्ति करेगा। इसलिए हँसी मजाक में इस तरह की टिप्पणियों से बचना चाहिए। हँसी-मजाक गुदगुदी पैदा करने की ओर लक्षित होना चाहिए। किसी का मजाक उड़ाने के लिए नहीं होना चाहिए। रिश्ते नातों के साथ ही नहीं मित्र-मंडली के बीच भी यह लागू होता है।

पश्चिमी देशों में व्यंग्य तो प्रचुर मात्रा में है, लेकिन हास्य की कमी है, जबकि जीवन इतना व्यस्त और तनाव भरा है कि निराशाओं और नकारात्मकता से भर देता है। यह अकसर अवसाद का रूप ले लेता है। वहाँ के लोग स्वास्थ्य के प्रति भारतीय लोगों की अपेक्षा ज्यादा

जागरुक हैं। शारीरिक स्वास्थ्य के प्रति भी और मानसिक स्वास्थ्य के प्रति भी। वहाँ के मनोवैज्ञानिक भी सिर्फ मरीजों का इलाज नहीं करते समाज की भी चिंता करते हैं। पश्चिमी देशों के मनोवैज्ञानिकों का कहना है कि तनावमुक्ति का एक साधन हास्य है। उनका परामर्श लोगों के बीच पहुँचने के बाद वहाँ जगह-जगह हास्य क्लब खोले गए। यह एक खुले स्थान में आमतौर पर पब्लिक पार्कों में खोला जाता था, जहाँ क्लब के सदस्य एकत्र होकर जोर-जोर से ठहाके लगाते हैं। यह मन के अंदर उल्लास के साथ निकला हुआ हास्य नहीं होता, व्यायाम के दृष्टिकोण से जबरन उत्पन्न किया गया कृत्रिम हास्य होता है। भारत के दिल्ली, मुंबई जैसे महानगरों में भी विभिन्न कॉलोनियों के पार्कों में इसी तर्ज पर हास्य क्लब चलते हैं, जहाँ ज्यादातर वरिष्ठ नागरिक एकत्र होते हैं और जोर-जोर से हँसते हैं।

भारत में हास्य की कमी नहीं है। रोजमर्रे के सामाजिक जीवन में इसे पर्याप्त स्थान दिया गया है। टी.वी. चैनलों पर हास्य आधारित सीरियलों की मौजूदगी होती है, जिसे लोग चाव से देखते हैं। अखबारों, पत्र-पत्रिकाओं में हास्य-व्यंग्य के कॉलम होते हैं। कार्टून होते हैं। लतीफे होते हैं। रंगमंच पर भी नाटिका के रूप में, गीत के रूप में, कविताओं के रूप में हास्य-व्यंग्य सहज उपलब्ध रहता है।

भारत में हास्य की कमी नहीं है। रोजमर्रा के सामाजिक जीवन में इसे पर्याप्त स्थान दिया गया है। टी.वी. चैनलों पर हास्य आधारित सीरियलों की मौजूदगी होती है, जिसे लोग चाव से देखते हैं। अखबारों, पत्र-पत्रिकाओं में हास्य-व्यंग्य के कॉलम होते हैं। कार्टून होते हैं। लतीफे होते हैं। रंगमंच पर भी नाटिका के रूप में, गीत के रूप में, कविताओं के रूप में हास्य-व्यंग्य सहज उपलब्ध रहता है। भारतीय

संस्कृति में लाफिंग क्लबों की न कोई जरूरत है न औचित्य। लेकिन पश्चिमी देशों के लोग जो करें भारत के उच्च मध्यम और कुलीन वर्ग के लोग उसकी नकल करना अपना परम कर्तव्य समझते हैं। हालाँकि यह भी सच है कि यह वर्ग सामाजिक सरोकारों से काफी हद तक दूर हो चुके हैं। अमीरी का ग्राफ बढ़ाने की चिंता भी उन्हें तनावग्रस्त रखती है। उनके साथ जो वरीय नागरिक रहते हैं, वे भी खुद को अलग-थलग महसूस करते हैं। आमतौर पर इस आयुवर्ग के लोगों के पास समय काटने की समस्या होती है। इसलिए वे कॉलोनी के अंदर अपनी तरह के लोगों के साथ मित्रता कायम कर लेते हैं। उनके मिलने के लिए बेहतरीन स्थान पब्लिक पार्क ही होता है। आप किसी महानगर की किसी कॉलोनी के पार्क में सुबह तड़के या शाम के समय पहुँच जाएँ। वरीय नागरिकों का एक समूह किसी-न-किसी हिस्से में बैठा हुआ दिख जाएगा। वरीय नागरिक ही नहीं इस समाज के किसी आयुवर्ग के व्यक्ति के जीवन में हास्य की कमी हो सकती है। उनके लिए हास्य क्लब की प्रासंगिकता हो सकती है।

बहरहाल जीवन का हास्य से संबंध टूटने मत दीजिए। यदि सामान्य जीवन जीना है तो उसे किसी-न-किसी रूप में बरकरार रखिए। क्योंकि आनेवाला समय मौजूदा समय से भी ज्यादा जटिलता भरा होगा।

□

I

ईमानदारी

अपने दीन और ईमान के प्रति सजगता और प्रतिबद्धता को ईमानदारी कहते हैं। एक जमाना था, जब इसे प्रशंसनीय गुणों के रूप में देखा जाता था। आदर और सम्मान दिया जाता था। उस समय समाज में ईमानदार लोगों की बहुलता थी। अब समय बदल चुका है। तमाम परिभाषाएँ बदल चुकी हैं। समाज का नजरिया बदल चुका है। आज के समय में ईमानदारी को मूर्खता और बेईमानी को होशियारी समझा जाता है। जिसके पास धन है, ऐश्वर्य के साजो-सामान हैं, उसे जीवन में सफल माना जाता है। चाहे उसने गलत तरीकों से धन क्यों न अर्जित किया हो। उसको सामाजिक सम्मान दिया जाता है। बड़े-बड़े आयोजनों में मुख्य अतिथि बनाया जाता है।

आज लोकसभा से लेकर विधानसभाओं तक में अपराधी और आर्थिक लुटेरे भरे पड़े हैं। जनता उन्हें चुनकर भेजती है। यदि चोरी, बेईमानी के प्रति आम जनता के अंदर घृणा का भाव होता तो ऐसे लोगों को भारी बहुमत से लोग चुनकर अपने भाग्य का निर्धारण करने का अधिकार नहीं सौंपते। त्याग और ईमानदारी की प्रतिमूर्तियाँ भी संसदीय व्यवस्था का हिस्सा बनती हैं, लेकिन उनकी संख्या कम है। व्यावहारिक धरातल पर ईमानदार और सिद्धांतवादी लोगों की कहीं कोई पूछ नहीं है। उन्हें मूर्ख और जीवन में असफल व्यक्ति करार दिया जाता है। लेकिन

यह भौतिकवादी दृष्टिकोण का सत्य है। जीवन का शाश्वत सत्य नहीं है। बेईमानी और मक्कारी से सफलता शीघ्र जरूर मिल जाती है, लेकिन ज्यादा समय तक टिकती नहीं। रावण की लंका की तरह कभी भी स्वाहा हो सकती है। वह कभी इनसान को सुख और संतोष नहीं दे सकती। गलत तरीकों से धन अर्जित करनेवाले हमेशा डरे हुए रहते हैं कि कब उनके धन पर सरकार की नजर पड़ जाए। चोरों-डकैतों की भेंट चढ़ जाए। ईमानदारी का फल देर से मिलता है, लेकिन वह स्थाई होता है और मन को संतोष प्रदान करनेवाला होता है।

यह सच है कि वर्तमान समय में बेईमानों का बोलबाला है, लेकिन ऐसा नहीं कि ईमानदारों का लोप हो गया हो। आए दिन मीडिया की सुर्खियों में ऐसे दृष्टांत आते हैं, जो इसकी पुष्टि करते हैं कि ईमानदारी अभी जीवित है। हाल में एक खबर आई थी कि एक व्यक्ति अपने पिता के इलाज के लिए बैंक से साढ़े तीन लाख रुपए निकालकर ले जा रहा था। रास्ते में रुपयों से भरा बैग कहाँ गिर गया उसे पता नहीं चला। घर पहुँचने पर उसे जब इसकी जानकारी हुई तो सर पकड़कर बैठ गया। उसे बिल्कुल उम्मीद नहीं थी कि उसके पैसे वापस मिलेंगे। करीब तीन घंटे बाद उसके पास एक पुलिस अधिकारी का फोन आया। पूछा गया कि क्या उसका कोई बैग सड़क पर गिर पड़ा था। उसने हाँ में जवाब दिया तो उसे थाने पर आने का निर्देश दिया गया। वह तुरंत अपनी बाइक

यह सच है कि वर्तमान समय में बेईमानों का बोलबाला है, लेकिन ऐसा नहीं कि ईमानदारों का लोप हो गया हो। आए दिन मीडिया की सुर्खियों में ऐसे दृष्टांत आते हैं, जो इसकी पुष्टि करते हैं कि ईमानदारी अभी जीवित है। हाल में एक खबर आई थी कि एक व्यक्ति अपने पिता के इलाज के लिए बैंक से साढ़े तीन लाख रुपए निकालकर ले जा रहा था।

निकालकर थाने के लिए रवाना हुआ। वहाँ पहुँचा तो पता चला कि एक दिहाड़ी मजदूर उस रास्ते से गुजर रहा था कि बैग पर उसकी नजर पड़ी। उसने बैग उठाया और सीधा थाने पर आ गया। उस बैग में कार्ड लगा हुआ था, जिसमें नाम और नंबर लिखा था। दिहाड़ी मजदूर वहीं बैठा हुआ था। थानेदार ने नोटों का विवरण पूछा। उसका मिलान किया और सही पाए जाने पर बैग के मालिक को बैग सौंप दिया। बैग मालिक ने दिहाड़ी मजदूर को इनामस्वरूप कुछ पैसे देने चाहे, लेकिन उसने इनकार कर दिया।

दिहाड़ी मजदूरी कर जीवनयापन करनेवाला निश्चित रूप से एक गरीब आदमी था। उसके लिए साढ़े तीन लाख बड़ी रकम थी। वह चाहता तो नोट अपने पास रख लेता और बैग को कहीं फेंक देता। लेकिन यह उसके संस्कार में नहीं था। पुलिस अधिकारी भी चाहता तो उससे बैग लेकर नोट अपने पास रख लेता, लेकिन उसने ऐसा नहीं किया। इस तरह की घटनाएँ आए दिन सामने आती रहती हैं और इस बात का विश्वास दिलाती हैं कि ईमानदारी अभी जिंदा है।

दिहाड़ी मजदूरी कर जीवनयापन करनेवाला निश्चित रूप से एक गरीब आदमी था। उसके लिए साढ़े तीन लाख बड़ी रकम थी। वह चाहता तो नोट अपने पास रख लेता और बैग को कहीं फेंक देता। लेकिन यह उसके संस्कार में नहीं था। पुलिस अधिकारी भी चाहता तो उससे बैग लेकर नोट अपने पास रख लेता, लेकिन उसने ऐसा नहीं किया। इस तरह की घटनाएँ आए दिन सामने आती रहती हैं और इस बात का विश्वास दिलाती हैं कि ईमानदारी अभी जिंदा है।

मुंबई अंडरवर्ल्ड का पहला माफिया सम्राट् हाजी मस्तान था।

अपनी ईमानदारी की बदौलत ही वह ताकतवर बना था। वह बंदरगाह का एक मामूली कुली था। लेकिन तस्करों का सामान पार कराने का काम भी करता था। एक बार अरब के एक शेख ने उसे एक सूटकेस पार कराने को कहा। इसके एवज में उसे तीन हजार रुपए देने का वादा किया। हाजी मस्तान उसे कस्टम की नजर बचाकर सुरक्षित बाहर ले आया। कई घंटे तक शेख का इंतजार किया। जब वह नहीं मिला तो सूटकेस लेकर अपनी खोली में आ गया। इस घटना के 10-12 दिन बाद बंदरगाह के करीब शेख ने उसका कॉलर पकड़ लिया। मस्तान ने हाथ झटककर खुद को छुड़ाया। शेख ने पूछा—सूटकेस कहाँ है। मस्तान ने कहा—पहले मेरे तीन हजार रुपए दो। शेख ने उसे आश्चर्य के साथ देखा। जेब से तीन हजार रुपए निकालकर उसके हवाले किए। फिर पूछा—मेरा सूटकेस कहाँ है। मस्तान ने उसे साथ आने को कहा। खोली में सूटकेस लापरवाही से एक ओर फेंका हुआ था।

घटना के 10-12 दिन बाद बंदरगाह के करीब शेख ने उसका कॉलर पकड़ लिया। मस्तान ने हाथ झटककर खुद को छुड़ाया। शेख ने पूछा—सूटकेस कहाँ है। मस्तान ने कहा—पहले मेरे तीन हजार रुपए दो। शेख ने उसे आश्चर्य के साथ देखा। जेब से तीन हजार रुपए निकालकर उसके हवाले किए। फिर पूछा—मेरा सूटकेस कहाँ है। मस्तान ने उसे साथ आने को कहा। खोली में सूटकेस लापरवाही से एक ओर फेंका हुआ था।

शेख ने पूछा—तुम्हें मालूम है इसके अंदर क्या है ? हाजी मस्तान ने कहा कि कुछ भी हो वह मेरा नहीं है। मेरे हिस्से का तो वह तीन हजार है, जो तुम उस दिन दिए बिना भाग गए थे और आज दे दिए।

शेख ने सूटकेस खोला। उसमें सोने के बिस्किट भरे पड़े थे। शेख

ने पूछा—मालूम है यह कितने का माल है ? मस्तान ने जवाब दिया—जो मेरा है नहीं उसकी कीमत जानकर क्या करूँगा। शेख उसकी ईमानदारी से बहुत प्रभावित हुआ। उसने पूछा कि धंधा करोगे। मस्तान ने कहा कि उसके पास धंधे के लिए पैसे नहीं हैं। शेख ने कहा कि वह माल उधार भेजेगा, बेचकर चुका देना।

एक प्रचलित दंतकथा के मुताबिक एक लकड़हारा प्रतिदिन जंगल में जाकर लकड़ियाँ काटता था और उसे बेचकर अपना गुजारा चलाता था। एक दिन की बात है, वह लकड़ी काट रहा था, तभी उसकी कुल्हाड़ी तालाब में गिर पड़ी। वह सिर पर हाथ रखकर वहीं बैठ गया। तभी वहाँ एक परी आई। उसने लकड़हारे की उदासी का कारण पूछा। पता चलने के बाद उसने तालाब में डुबकी लगाई और सोने की कुल्हाड़ी उठा लाई।

और इस तरह एक मामूली सा कुली मुंबई अंडरवर्ल्ड का बादशाह बन बैठा। उसने गैरकानूनी धंधा किया, लेकिन पूरी ईमानदारी के साथ।

एक प्रचलित दंतकथा के मुताबिक एक लकड़हारा प्रतिदिन जंगल में जाकर लकड़ियाँ काटता था और उसे बेचकर अपना गुजारा चलाता था। एक दिन की बात है, वह लकड़ी काट रहा था, तभी उसकी कुल्हाड़ी तालाब में गिर पड़ी। वह सिर पर हाथ रखकर वहीं बैठ गया। तभी वहाँ एक परी आई। उसने लकड़हारे की उदासी का कारण पूछा। पता चलने के बाद उसने तालाब में डुबकी लगाई और सोने की कुल्हाड़ी उठा लाई। लकड़हारे से पूछा—यह तुम्हारी है। उसने इनकार कर दिया। परी ने फिर डुबकी लगाई और चाँदी की कुल्हाड़ी लाई। लकड़हारे ने उससे भी इनकार किया। इसके बाद परी ने उसकी अपनी कुल्हाड़ी निकाल

दी। उसे देखते ही लकड़हारे ने कहा कि यही मेरी कुल्हाड़ी है। अब मैं लकड़ी काट सकूँगा और जीवनयापन कर सकूँगा। परी उसकी ईमानदारी से बेहद खुश हुई, उसने सोने और चाँदी की कुल्हाड़ी भी उसे उपहार में दे दी और बहुत सारा धन देकर उसे विदा किया। परी की कृपा से उसका जीवन बदल गया।

उसके रहन-सहन में बदलाव को देखकर उसका पड़ोसी जल उठा। उसने लकड़हारे के अमीर बनने के रहस्य को ढूँढ़ना शुरू किया। उसे पता चल गया कि एक परी की कृपा का फल है। अगले दिन वह भी एक कुल्हाड़ी लेकर उसी स्थान पर लकड़ी काटने लगा और जान-बूझकर अपनी कुल्हाड़ी पानी में गिरा दी। परी वहाँ प्रकट हुई। उसकी उदासी का कारण पूछा। उसने अपनी कहानी दुहरा दी। परी ने तालाब से सोने की कुल्हाड़ी निकाली। पूछा—यह तुम्हारी है। उसने हाँ कहते हुए उसे लपककर पकड़ लिया, लेकिन वह कुल्हाड़ी गायब हो गई। परी ने उसे शाप दिया कि उसकी सारी संपत्ति नष्ट हो जाएगी। अपने लालच के कारण वह अपनी अर्जित संपत्ति भी खो बैठा। प्राचीन ग्रंथों में इस तरह की कहानियाँ भरी पड़ी हैं, जो ईमानदारी के मीठे फल का विश्वास दिलाती हैं।

ईमानदार व्यक्ति सिर्फ अपनी मेहनत से अर्जित किए धन को ही अपना मानता है और उसी में संतुष्ट रहता है। जबकि बेईमान व्यक्ति लालची होता है। हमें इस बात को हमेशा याद रखना चाहिए कि ईमानदारी में बरक्कत होती है। सुख होता है। संतोष होता है। बेईमानी का धन कभी टिकता नहीं। इसलिए अपने आचरण को शुद्ध रखना चाहिए। नीयत को साफ रखना चाहिए।

□

J

जश्न

जश्न अर्थात् जलसा अर्थात् उत्सव। वह आयोजन, जिसमें हम जीवन की सारी जटिलताओं, समस्याओं, परेशानियों को भूलकर मस्ती के आलम में डूब जाते हैं। वास्तव में यह मनोवैज्ञानिक रूप से हृदय और मस्तिष्क को रिचार्ज कर तरो-ताजा कर देता है। हमारे अंदर एक नई शक्ति का संचार होता है। जश्न मनाने की प्रवृत्ति भारत के डी.एन.ए. में शामिल है। हम इसका कोई अवसर हाथ से जाने नहीं देते। मौका चाहे खुशी का हो अथवा गम का, हम उसे अपने बंधु-बांधवों के साथ जश्नपूर्वक मनाते हैं। यह हमारी संस्कृति की खासियत है। यह हमारी परंपरा है। हम हर अवसर को जश्न के अवसर में बदल देते हैं। घर में शिशु का जन्म होता है तो जश्न। उसका अन्नप्राशन हो तो जश्न। जन्म दिवस हो तो जश्न। विवाह हो तो जश्न। यहाँ तक कि किसी की मृत्यु हो जाए तो भी मृत्युभोज का जश्न। मानव जीवन में छठी से लेकर अंतिम संस्कार तक जितने भी संस्कार होते हैं, वह हमारे लिए जश्न का अवसर होते हैं। हम साल भर किसी-न-किसी बहाने जश्न मनाते रहते हैं। भारत के खिलाड़ी किसी अंतरराष्ट्रीय खेल का टूर्नामेंट जीत गए तो चारों तरफ पटाखे छोड़कर जीत का जश्न मनाया जाता है। चाहे उस खेल की बारीकियों की समझ हो या न हो। हमारी टीम हार भी गई तो लोगों को जुटाकर कुछ खिलाड़ियों के पुतले जलाकर भड़ास मिटा लेते हैं।

यह जश्न मनाने की प्रवृत्ति ही हमारे भीतर की जिजीविषा को बचाए रखती है। भारत में जितने उत्सव मनाए जाते हैं, शायद ही दुनिया के किसी देश में मनाए जाते हों। इसका एक बड़ा कारण यह भी है कि भारत में कई धर्मों और संप्रदायों के लोग रहते हैं। सभी के अपने-अपने पर्व-त्योहार होते हैं। आमतौर पर हमारे यहाँ एक-दूसरे के त्योहार में शामिल होकर बधाई देने की परंपरा है। हम जितने उत्साह से अपने त्योहार मनाते हैं, उतने ही उत्साह से दूसरों के त्योहार में शामिल होते हैं। इस कारण जश्न के अवसरों में इजाफा होता चला जाता है। वैश्वीकरण के दौर ने भी दूसरे धर्मों के त्योहार मनाने की प्रेरणा जगाई है। हिंदू, मुसलिम, सिख, ईसाई तो एक-दूसरे के त्योहारों में सदियों से शामिल होते रहे हैं, लेकिन अब वैश्वीकरण के कारण हमारे त्योहारों की सूची में दूसरे देशों के भी कई नए त्योहार शामिल हो गए हैं। वेलेंटाइन डे, मदर्स डे, फादर्स डे जैसे त्योहार हाल के वर्षों में मनाए जाने लगे हैं। भारत के लोगों को पहले इनकी कोई जानकारी नहीं थी।

यह जश्न मनाने की प्रवृत्ति ही हमारे भीतर की जिजीविषा को बचाए रखती है। भारत में जितने उत्सव मनाए जाते हैं, शायद ही दुनिया के किसी देश में मनाए जाते हों। इसका एक बड़ा कारण यह भी है कि भारत में कई धर्मों और संप्रदायों के लोग रहते हैं। सभी के अपने-अपने पर्व-त्योहार होते हैं। आमतौर पर हमारे यहाँ एक-दूसरे के त्योहार में शामिल होकर बधाई देने की परंपरा है।

भारत में हर त्योहार जश्नपूर्वक मनाए जाने की परंपरा रही है, लेकिन होली और दीवाली हमारी उत्सवधर्मिता की पराकाष्ठा है। इनकी उमंग इनके आगमन से कई हफ्ते पहले से शुरू हो जाती है। पूर्वांचल में बसंत पंचमी से ही होली गायन की शुरुआत हो जाती है। इसे फगुआ

कहते हैं। लोग झांझ मजीरा लेकर एक जगह एकत्र होते हैं और भंग की तरंग में एक खास धुन में फगुआ गाते हैं। दीवाली के साथ ही सर्दियों का अहसास होने लगता है। इसके चलते मन की थकान दूर हो जाती है और मन में उल्लास और उत्साह का संचार होने लगता है। सर्दियों के मौसम में क्रिसमस, न्यू ईयर जैसे त्योहारों की धूम रहती है। इसके बाद मकर संक्रांति और बसंत पंचमी के जरिए सर्दियों के मौसम को विदाई दी जाती है। सर्दियों का मौसम रूमानियत, फैशन, तरह-तरह के व्यंजनों के उपभोग और डिजाइनदार परिधानों का मौसम है तो बसंत उसकी पराकाष्ठा। हम हर मौसम का स्वागत और विदाई धूमधाम से करते हैं।

सर्दियों के मौसम में क्रिसमस, न्यू ईयर जैसे त्योहारों की धूम रहती है। इसके बाद मकर संक्रांति और बसंत पंचमी के जरिए सर्दियों के मौसम को विदाई दी जाती है। सर्दियों का मौसम रूमानियत, फैशन, तरह-तरह के व्यंजनों के उपभोग और डिजाइनदार परिधानों का मौसम है तो बसंत उसकी पराकाष्ठा। हम हर मौसम का स्वागत और विदाई धूमधाम से करते हैं।

दुनिया भर के मनोवैज्ञानिकों का मानना है कि सर्दियाँ शुरू होते ही मन में प्रेम की कोंपलें फूटने लगती हैं। सर्दियों के मौसम को रूमानियत का मौसम माना जाता है। ढेरों कवियों और शायरों ने इस मौसम को लेकर प्रेम के भावों को चित्रित किया है। आज की युवा पीढ़ी भी इस मौसम का भरपूर आनंद लेती है। इस मौसम में खासतौर पर महानगरों में रंग-बिरंगे कपड़े पहने युवक-युवतियों के ग्रुप बाग-बागीचों में, मॉल्स में, रेस्तराँओं में, सड़कों पर, ऐतिहासिक स्थलों पर प्रेम प्रदर्शन करते देखे जा सकते हैं।

यों तो सजना-सँवरना हर किसी को हर मौसम में अच्छा लगता

है, लेकिन गरमियों में पसीने के कारण महिलाओं का मेकअप अकसर बेकार हो जाता है। शायद इसलिए बड़े-बुजुर्ग कहते हैं कि सजने-सँवरने का असली मजा सर्दियों में ही आता है। इस मौसम में महिलाएँ घर से बाहर निकलना, सैर सपाटे करना ज्यादा पसंद करती हैं। चाहे पार्टी में जाना हो, शॉपिंग करनी हो, किटी पार्टी का आयोजन करना हो, इसके लिए सर्दियों का मौसम बेहतरीन मौसम होता है। कहते हैं कि सर्दियों में इनसान की भूख बढ़ जाती है और पाचन शक्ति भी मजबूत रहती है। भारी से भारी खाना भी आसानी से हजम हो जाता है। स्वास्थ्य के लिहाज से भी यह मौसम बेहतरीन होता है।

भारत के अधिकांश पहाड़ी और पठारी इलाकों में पिकनिक स्पॉटों की भरमार होती है। स्थानीय लोग प्रायः रविवार की छुट्टी के दिन राशन पानी लेकर किसी स्पॉट पर चले जाते हैं और पूरे दिन वहीं बनाते खाते और आनंद मनाते हैं। पहाड़ी नदियों और झरनों का पानी जड़ी-बूटियों से युक्त और रोगनाशक होता है। इसके उपभोग से शरीर भी निरोग हो जाता है। पिकनिक मनाने का एक लाभ यह भी होता है कि लोग प्राकृतिक स्त्रोतों के जल और ईंधन का उपयोग करते हैं। खाना बनाने में भी और पीने में भी। पिकनिक में कोई घर से लकड़ी-चूल्हा लेकर नहीं जाते। आमतौर पर पत्थरों को जोड़कर पहले से ही चूल्हे बने होते हैं और सूखी लकड़ियाँ भी उपलब्ध रहती हैं।

भारत के अधिकांश पहाड़ी और पठारी इलाकों में पिकनिक स्पॉटों की भरमार होती है। स्थानीय लोग प्रायः रविवार की छुट्टी के दिन राशन पानी लेकर किसी स्पॉट पर चले जाते हैं और पूरे दिन वहीं बनाते खाते और आनंद मनाते हैं। पहाड़ी नदियों और झरनों का पानी जड़ी-बूटियों से युक्त और रोगनाशक होता है।

कहते हैं कि गरमियों के मौसम में आमतौर पर लोगों के अंदर

चिड़चिड़ापन बढ़ जाता है। सामूहिक तनाव में बढ़ोत्तरी हो जाती है। आपस के लड़ाई-झगड़े बढ़ जाते हैं। इसके ठीक विपरीत सर्दियों में मनुष्य का स्वभाव थोड़ा शांत रहता है। इस मौसम में वह अमूमन बात-बात पर लड़ने को उतारू नहीं हो जाता। थोड़ी सहनशीलता बढ़ जाती है। मनोवज्ञानिकों का मानना है कि सर्दियों के मौसम में खीझ, बेचैनी नहीं होती, इसलिए व्यक्ति को जल्दी गुस्सा नहीं आता और लड़ाई होने की स्थितियाँ टल जाती हैं। वास्तव में मानव व्यवहार पर मौसमों का असर पड़ता है, लेकिन आमतौर पर लोग इसपर गौर नहीं करते। इसका कभी गहराई से अध्ययन नहीं किया गया है।

मनोवज्ञानिकों का मानना है कि सर्दियों के मौसम में खीझ, बेचैनी नहीं होती, इसलिए व्यक्ति को जल्दी गुस्सा नहीं आता और लड़ाई होने की स्थितियाँ टल जाती हैं। वास्तव में मानव व्यवहार पर मौसमों का असर पड़ता है, लेकिन आमतौर पर लोग इसपर गौर नहीं करते। इसका कभी गहराई से अध्ययन नहीं किया गया है।

सर्दियों का मौसम सैलानियों के लिए भी मुफीद होता है। आमतौर पर अक्तूबर से लेकर फरवरी तक का समय पर्यटन उद्योग में तेजी का मौसम होता है। लोग इसी मौसम में अपने टूर प्रोग्राम बनाते हैं। पर्यटन स्थलों का व्यापारी वर्ग काफी व्यस्त हो जाता है। पर्यटन के इन्हीं पाँच महीनों की कमाई में वे वर्ष भर के खर्च का इंतजाम कर लेते हैं। यात्रियों का आगमन अन्य मौसमों में भी होता है, लेकिन उनकी संख्या कम होती है। उस समय होटलों के कमरे सस्ते हो जाते हैं। गरमी के मौसम में कम बजट वाले पर्यटक हिल स्टेशनों पर जाते हैं, हालाँकि मौसम खुशगवार होने पर भी पहाड़ों की चढ़ाई के दौरान उन्हें थकान की ज्यादा अनुभूति होती है। बरसात का मौसम तो सैर-सपाटे के लिए होता ही नहीं। उस समय गाँव-घर में ही कई तरह के

महोत्सव का आयोजन कर लोग मौसम का आनंद लेते हैं। गाँव-देहात में उस समय सावन महोत्सव मनाया जाता है। बागों में झूले लगाए जाते हैं। कजरी गाई जाती है। शहरों में सावन मेले का आयोजन चलता रहता है।

भारत के लोगों की खासियत यह है कि वे हर मौसम में मन को आनंदित रखने के लिए किसी-न-किसी तरह के जश्न का आयोजन कर लेते हैं। मानसिक स्वास्थ्य के लिए यह अच्छा है।

□

K

करुणा

ममता का भाव जब पूरे जीवमंडल को अपने आगोश में लेता है, वह करुणा में बदल जाता है। धरती के तमाम जीवों के प्रति प्रेम का भाव। औरों के कष्ट को अपना कष्ट समझते हुए उसके निवारण की कोशिश। विभिन्न धर्मों में इसे मानव के सबसे सकारात्मक गुणों में शामिल किया गया है।

भगवान् बुद्ध के बचपन की एक मशहूर कथा है। एक बार जब वे अपने उपवन में टहल रहे थे, तीर से घायल एक हंस उनके पास आकर गिरा। उन्होंने उसे उठाया। उसका उपचार किया और उसके जीवन की रक्षा की। उसी समय उनका चचेरा भाई देवदत्त वहाँ पहुँचा और बताया कि हंस का शिकार उसने किया है। इसपर उसका अधिकार है, इसलिए इसे उसके हवाले कर दें। बुद्ध अड़ गए, उनका कहना था कि उन्होंने इसके प्राणों की रक्षा की है, इसलिए इसपर उनका हक है। विवाद बढ़ा। मामला राजा शुद्धोदन के पास पहुँचा। उन्होंने दोनों पक्षों की बात सुनी। इसके बाद निर्णय दिया कि मारनेवाले से ज्यादा अधिकार बचानेवाले का होता है इसलिए इसपर बुद्ध अर्थात् सिद्धार्थ का हक है। हंस उनके हवाले कर दिया गया। यहाँ देवदत्त की हिंसक वृत्ति पर सिद्धार्थ की करुणा की जीत हुई। बुद्ध की इसी करुणा ने उन्हें युग प्रवर्तक महात्मा बनाया।

राह चलते-फिरते गरीब, बीमार, पीड़ित लोगों को सभी देखते हैं।

मन में थोड़ा दु:ख भी महसूस करते हैं, लेकिन उनकी कोई मदद नहीं करते। तमाशबीन की तरह अपनी राह निकल जाते हैं। उनके मन में करुणा का भाव तो होता है, लेकिन इतना बलवती नहीं होता कि उनकी मदद को हाथ बढ़ाएँ। देश में बहुत सारे कुष्ठ आश्रम हैं। कई धार्मिक, सामाजिक संस्थाएँ, एन.जी.ओ. उनका संचालन करती हैं। उनमें से अधिकांश उन्हीं कुष्ठ रोगियों को आश्रय देकर इलाज करती हैं, जो स्वत: उनके पास पहुँचते हैं। लेकिन ईसाई संस्थाओं के लोग जो ऐसे आश्रमों जुड़े होते हैं, राह चलते कोई कुष्ठ रोगी दिख जाए तो उसे अपने आश्रम में ले आते हैं। उसकी सेवा करते हैं। कुष्ठ रोगी समाज के तिरस्कृत लोग होते हैं। उनसे उनके परिजन भी घृणा करते हैं। उनकी सेवा वही लोग कर सकते हैं, जिनके अंदर मानव मात्र के प्रति करुणा का भाव भरपूर हो।

जैन, बौद्ध और ईसाई धर्म में भी करुणा को विशेष महत्त्व दिया जाता है। तिब्बत के धर्मगुरु दलाई लामा को करुणा का अवतार माना जाता है। अभी 14वें दलाई लामा भारत में हिमाचल प्रदेश के धर्मशाला में शरण लिए हुए हैं। वहीं से अपनी निर्वासित सरकार चलाते हैं। उन्होंने एक आलेख में करुणा पर अपने विचार व्यक्त किए थे। उनका आलेख अक्तूबर 2006 में चेक

जैन, बौद्ध और ईसाई धर्म में भी करुणा को विशेष महत्त्व दिया जाता है। तिब्बत के धर्मगुरु दलाई लामा को करुणा का अवतार माना जाता है। अभी 14वें दलाई लामा भारत में हिमाचल प्रदेश के धर्मशाला में शरण लिए हुए हैं। वहीं से अपनी निर्वासित सरकार चलाते हैं। उन्होंने एक आलेख में करुणा पर अपने विचार व्यक्त किए थे। उनका आलेख अक्तूबर 2006 में चेक गणराज्य की प्राग नामक पत्रिका में प्रकाशित हुआ था।

गणराज्य की प्राग नामक पत्रिका में प्रकाशित हुआ था। इसका दुनिया की तकरीबन सभी भाषाओं में अनुवाद किया गया था। उसका हिंदी अनुवाद अलेक्जेंडर बर्जिन ने किया था।

अपने आलेख में उन्होंने कहा था कि पशु भी ऑक्सीटोसिन हार्मोन के प्रभाव के कारण अपने नवजात शावकों से मातृसुलभ जुड़ाव अनुभव करते हैं। इसके अलावा सभी शिशु चाहे वे मनुष्यों के हों या पशुओं के, समान रूप से प्रेम और स्नेहमयी देखभाल की आवश्यकता को अनुभव करता है। इस प्रकार करुणा के बीज—दूसरों को दुःखमुक्त देखने की इच्छा—हमारी जीव-वैज्ञानिक प्रवृत्तियों में अंतर्निहित होती है और उसे इस तर्क से बल मिलता है कि हमारा अस्तित्व ही करुणा पर निर्भर है और इस दृष्टि से सभी बराबर हैं।

दलाई लामा के मुताबिक किसी भी क्रिया का परिणाम उसमें निहित प्रेरणा पर निर्भर करता है। उस क्रिया के लिए प्रेरणा देनेवाली भावना अशांत करनेवाली है या सकारात्मक है, इसके आधार पर एक ही क्रिया के अलग-अलग परिणाम हो सकते हैं।

दलाई लामा के मुताबिक किसी भी क्रिया का परिणाम उसमें निहित प्रेरणा पर निर्भर करता है। उस क्रिया के लिए प्रेरणा देनेवाली भावना अशांत करनेवाली है या सकारात्मक है, इसके आधार पर एक ही क्रिया के अलग-अलग परिणाम हो सकते हैं। यहाँ तक कि जब करुणा जैसा सामान्य मनोभाव किसी क्रिया को प्रेरित करता है, तब उस भाव से जुड़े मानसिक और भावनात्मक आधार भी उस क्रिया के परिणामों को प्रभावित करते हैं।

तिब्बती धर्मगुरु दलाई लामा के मुताबिक करुणा तीन प्रकार की होती है। पहले प्रकार की करुणा संबंधियों और प्रियजनों के लिए होती है। यह आसक्ति पर आधारित होती है, इसलिए इसका दायरा सीमित

होता है। यह परिस्थियों के अनुरूप क्रोध और घृणा के रूप में परिवर्तित हो सकती है।

दूसरे प्रकार की करुणा दुःख से पीड़ित जीवधारियों के लिए होती है और इन दुखियों के लिए दया के भाव पर आधारित होती है। इस प्रकार की करुणा प्रदर्शित करते हुए हम दुःख से पीड़ित जीवधारियों को तुच्छ समझते हैं और स्वयं को उनसे बेहतर मानते हैं। करुणा के ये दोनों प्रकार अशांत करनेवाले भावों से उद्भूत होते हैं और इसलिए समस्या उत्पन्न करते हैं।

तीसरे प्रकार की करुणा पूर्वाग्रहमुक्त होती है। यह सहानुभूति और आदरभाव पर आधारित होती है। इस प्रकार की करुणा की प्रेरणा से हमें यह अनुभूति होती है कि दूसरे लोग भी हमारे जैसे ही हैं। उन्हें भी हमारी ही तरह आनंद प्राप्त करने और दुःख से मुक्ति प्राप्त करने का अधिकार है। इस अनुभूति के कारण हमारे मन में उनके प्रति प्रेम, करुणा और स्नेह के भाव उत्पन्न होते हैं। तीसरे प्रकार की यह करुणा स्थायी प्रभाव वाली होती है। इस प्रकार की करुणा अभ्यास, शिक्षा और विवेक से विकसित की जा सकती है। करुणा का भाव जितना अधिक स्थायी होगा, उतना ही अधिक लाभदायक होगा।

दूसरे प्रकार की करुणा दुःख से पीड़ित जीवधारियों के लिए होती है और इन दुखियों के लिए दया के भाव पर आधारित होती है। इस प्रकार की करुणा प्रदर्शित करते हुए हम दुःख से पीड़ित जीवधारियों को तुच्छ समझते हैं और स्वयं को उनसे बेहतर मानते हैं। करुणा के ये दोनों प्रकार अशांत करनेवाले भावों से उद्भूत होते हैं और इसलिए समस्या उत्पन्न करते हैं।

करुणा के इन तीन प्रकारों को दो श्रेणियों में बाँटा जा सकता

है। करुणा के पहले दो प्रकार ऐसे मनोभाव हैं, जो कुछ भी अशांत करनेवाला घटित होने पर स्वाभाविक रूप से उत्पन्न होते हैं। तीसरे प्रकार का करुणा का मनोभाव विवेक के आधार पर उत्पन्न होता है।

विवेक पर आधारित और पूर्वाग्रहमुक्त करुणा भाव को प्रकृति से बल मिलता है। जन्म के समय, चाहे मनुष्य हो, कोई स्तनपायी जीव हो, या पक्षी हो, समुद्री कछुओं और तितलियों के विषय में मुझे जानकारी नहीं है, हम सभी अपने आप ही अपनी माँ के प्रति बिना किसी पूर्वधारणा के प्रेम अनुभव करते हैं। माँ भी अपने नवजात शिशु के प्रति स्वत: ही स्वाभाविक अपनत्व और स्नेह अनुभव करती है। इसी वात्सल्य की प्रेरणा से वह शिशु की देखभाल और उसका पालन करती है। यह वात्सल्यपूर्ण देखभाल बच्चे के स्वस्थ विकास का आधार होती है।

माँ भी अपने नवजात शिशु के प्रति स्वत: ही स्वाभाविक अपनत्व और स्नेह अनुभव करती है। इसी वात्सल्य की प्रेरणा से वह शिशु की देखभाल और उसका पालन करती है। यह वात्सल्यपूर्ण देखभाल बच्चे के स्वस्थ विकास का आधार होती है।

इससे हम यह समझ सकते हैं कि जैविक कारकों पर आधारित आत्मीयता और प्रेम करुणा के बीज हैं। ये हमारे लिए सबसे बड़े उपहार हैं और ये उपहार हमें अपनी माँ से मिलते हैं। जब हम इन बीजों को विवेक और शिक्षा से सींचते हैं तो वे सच्ची करुणा के रूप में विकसित हो जाते हैं, जो निष्पक्ष होती है और सभी के लिए समान रूप से उपलब्ध होती है। यह करुणा इस समझ पर आधारित होती है कि हम सभी समान हैं।

किसी शिशु के लिए स्नेह धर्म, कानून पर आधारित, या पुलिस द्वारा बलपूर्वक लागू की जानेवाली भावना नहीं है। यह तो सहज ही

उत्पन्न होती है। हालाँकि विभिन्न धर्मों द्वारा सिखाई जानेवाली करुणा अच्छी बात है, लेकिन करुणा का वास्तविक बीज, उसका असली आधार जैविक कारक ही है। मैं जिसे 'धर्मनिरपेक्ष आचार नीति' कहती हूँ, उसका आधार यही है। धर्म के इस बीज को और अधिक बल प्रदान करना चाहिए।

कुछ लोग ऐसा मानते हैं कि नैतिक आचार केवल धार्मिक विश्वास पर ही आधारित होना चाहिए। कुछ अन्य लोग मानते हैं कि आचार नीति को अभ्यास से विकसित किया जा सकता है। कुछ लोग समझते हैं कि 'धर्मनिरपेक्ष' होने का अर्थ धर्म को अस्वीकार करना होता है। वहीं कुछ और लोग मानते हैं कि 'धर्मनिरपेक्ष' का अर्थ किसी पूर्वाग्रह के बिना सभी धर्मों, जिसमें भारत के संविधान में की गई व्यवस्था के समान गैर आस्तिक भी शामिल हैं, के प्रति सम्मान का भाव रखना है। यह बाद के प्रकार वाली आचार नीति, और विशेषत: करुणा आधारित आचार नीति सहज प्रवृत्ति से उत्पन्न होती है। माँ और नवजात शिशु के उदाहरण के ही समान यह करुणा जीवित बने रहने की आवश्यकता के परिणामस्वरूप स्वत: जन्म लेती है। अपने जैविक कारकों के आधार के कारण यह करुणा अधिक स्थायी होती है।

किसी शिशु के लिए स्नेह धर्म, कानून पर आधारित, या पुलिस द्वारा बलपूर्वक लागू की जानेवाली भावना नहीं है। यह तो सहज ही उत्पन्न होती है। हालाँकि विभिन्न धर्मों द्वारा सिखाई जानेवाली करुणा अच्छी बात है, लेकिन करुणा का वास्तविक बीज, उसका असली आधार जैविक कारक ही है। मैं जिसे 'धर्मनिरपेक्ष आचार नीति' कहता हूँ, उसका आधार यही है। धर्म को इस बीज को और अधिक बल प्रदान करना चाहिए।

जब बच्चे आपस में मिलकर खेलते हैं, तब वे एक-दूसरे के

धर्म, जाति, राजनैतिक विचारों या पारिवारिक पृष्ठभूमि के बारे में नहीं सोचते हैं। वे अपने संगी-साथियों की मुस्कान की कद्र करते हैं और उन साथियों का परिचय जो भी हो, बदले में वे अपने साथियों के साथ अच्छा व्यवहार करते हैं। दिल और दिमाग से वे निष्कपट होते हैं। वहीं दूसरी ओर वयस्क लोग इन दूसरे कारकों, जातीय और राजनैतिक मतभेदों आदि पर अधिक बल देते हैं। इसी कारण उनके दिल और दिमाग संकुचित होते हैं।

आप इन दोनों स्थितियों के बीच के फर्क पर गौर करें। जब हम अधिक करुणामय होते हैं तो हमारे दिल और दिमाग अधिक उदार होते हैं और हम ज्यादा सहजता से दूसरों के साथ जुड़ सकते हैं। लेकिन जब हम आत्मकेंद्रित होते हैं तो हमारे दिल-दिमाग संकुचित होते हैं और हमें दूसरों के साथ जुड़ने में कठिनाई अनुभव होती है। क्रोध हमारे प्रतिरक्षी तंत्र को कमजोर करता है, जबकि करुणा और उदार हृदय हमारे प्रतिरक्षी तंत्र को सुधारते हैं। यदि मन में क्रोध और भय हो तो हमें ठीक से नींद नहीं आती, और यदि नींद आ भी जाए तो हमें दुःस्वप्न आते हैं। यदि हमारा चित्त शांत हो तो हमें अच्छी नींद आती है। हमें तनाव दूर करनेवाली शामक दवाओं की आवश्यकता नहीं रहती, हमारी ऊर्जा का संतुलन बना रहता है। तनाव से ऊर्जा का आवेग बना रहता है और हमें बेचैनी अनुभव होती है।

आप इन दोनों स्थितियों के बीच के फर्क पर गौर करें। जब हम अधिक करुणामय होते हैं तो हमारे दिल और दिमाग अधिक उदार होते हैं और हम ज्यादा सहजता से दूसरों के साथ जुड़ सकते हैं। लेकिन जब हम आत्मकेंद्रित होते हैं तो हमारे दिल-दिमाग संकुचित होते हैं और हमें दूसरों के साथ जुड़ने में कठिनाई अनुभव होती है।

किसी स्थिति को स्पष्ट तौर पर देखने और समझने के लिए हमारे

चित्त का शांत होना आवश्यक है। यदि हम उत्तेजित हों तो हम वास्तविकता को नहीं देख सकते हैं। यही कारण है कि अधिकांश समस्याएँ, यहाँ तक कि वैश्विक स्तर की समस्याएँ भी मानव-निर्मित समस्याएँ हैं। ये समस्याएँ इसलिए उत्पन्न होती हैं, क्योंकि हम वास्तविकता से अनभिज्ञ होने के कारण स्थितियों को सँभालने में गलती करते हैं। हमारी क्रियाएँ भय, क्रोध और तनाव पर आधारित होती हैं। हम बहुत अधिक तनावग्रस्त होते हैं। हमारे चित्त के भ्रमित होने के कारण हमारा दृष्टिकोण वास्तविकता पर आधारित नहीं होता है। ये नकारात्मक मनोभाव हमारी सोच को संकीर्ण बनाते हैं, जिसके कारण समस्याएँ उत्पन्न होती हैं और हमें कभी भी संतोषजनक परिणाम नहीं मिलते हैं।

किसी स्थिति को स्पष्ट तौर पर देखने और समझने के लिए हमारे चित्त का शांत होना आवश्यक है। यदि हम उत्तेजित हों तो हम वास्तविकता को नहीं देख सकते हैं। यही कारण है कि अधिकांश समस्याएँ, यहाँ तक कि वैश्विक स्तर की समस्याएँ भी मानव-निर्मित समस्याएँ हैं। ये समस्याएँ इसलिए उत्पन्न होती हैं, क्योंकि हम वास्तविकता से अनभिज्ञ होने के कारण स्थितियों को सँभालने में गलती करते हैं। हमारी क्रियाएँ भय, क्रोध और तनाव पर आधारित होती हैं।

वहीं दूसरी ओर करुणा चित्त को उदार बनाती है, चित्त को शांति प्रदान करती है। करुणा की दृष्टि से हम वास्तविकता को देख पाते हैं और यह जान पाते हैं कि जिन स्थितियों को कोई नहीं चाहता उन्हें कैसे दूर किया जाए और सबके लिए इच्छित स्थितियाँ कैसे उत्पन्न की जाएँ। यह एक महत्त्वपूर्ण बात है और विवेक पर आधारित करुणा से मिलनेवाला एक बड़ा लाभ है। अतः जैविक कारक पर आधारित और विवेक से समर्थित मानव मूल्यों को बढ़ावा

देने में माँ तथा बच्चे के बीच के सहज प्रेम और वात्सल्य के भाव की महत्त्वपूर्ण भूमिका होती है।

तिब्बती धर्मगुरु दलाई लामा चूँकि भगवान् बुद्ध के करुणा प्रधान रूप के अवतार माने जाते हैं। इसलिए इस विषय पर उनके विचार अनमोल माने जा सकते हैं। इन विचारों पर मंथन करने की जरूरत है।

□

L

लालसा

लोभ और इच्छा के अतिरेक से उत्पन्न होती है—लालसा। इच्छा क्षणिक हो सकती है, लेकिन लालसा तब तक मानव-मन को व्यथित करती है, जब तक पूरी नहीं हो जाती। अधिकांश मामलों में यह नकारात्मक और विध्वंसक होती है। अपनी लालसा की पूर्ति के लिए मनुष्य कुछ भी कर सकता है। एक महिला संतान प्राप्ति की लालसा में पीर-फकीर के मजार से लेकर ढोंगी बाबाओं तक के जाल में फँस सकती है। एक पुरुष धनवान होने की लालसा में अपराध की दुनिया में जा सकता है। अगर वह सही रास्ते पर चलकर अपनी लालसा पूरी करने का यत्न करे तो इसे लालसा नहीं संकल्प कहेंगे। हर व्यक्ति के जीवन का कोई लक्ष्य होता है और उसे प्राप्त करने का अपने मन में संकल्प लेता है। लेकिन जब वह इसके लिए फिसलन भरे रास्तों पर कदम रख देता है तो वह इससे होनेवाले नुकसान की चिंता नहीं करता। चाहे वह अपना नुकसान करे या किसी और का। किसी संप्रदाय का करे या पूरे समाज का।

जब लालसा बलवती होती है और उसकी पूर्ति के साधन नहीं दिखते तो अधिकांश लोग मनोवांछित फल की लालसा में देवी-देवताओं के मंदिरों में, पीर-फकीर के मजार पर मन्नतें माँगते हैं। टोना-टोटका और तांत्रिक क्रियाओं का सहारा लेते हैं। ओझा-गुनी और तांत्रिक,

मांत्रिक उनकी लालसा की पूर्ति के लिए जो भी उपाय बताएँ, जिस चीज की भी माँग करें, वे कहीं से लाकर हाजिर कर देते हैं। मनोवांछित फल के लालसा यदि देवी को नरबलि देने से पूरी होने की उम्मीद हो तो वे किसी मासूम की बलि चढ़ाने से भी नहीं हिचकते। ऐसे बहुत सारे मामले सामने आ चुके हैं, जिसमें खजाने की लालच में या किसी और अदम्य इच्छा की पूर्ति के लिए किसी तांत्रिक के कहने पर नरबलि को अंजाम दिया गया। एक राजनेता सत्ता की लालसा में देश और समाज को बड़े-से-बड़ा नुकसान पहुँचाने में नहीं हिचकता। भारत में इसकी मिसाल भरी पड़ी है। यदि हर पाँच साल पर नया जनादेश प्राप्त करने की विवशता नहीं होती तो देश की स्थिति कुछ और होती। भारत के बाद आजाद हुए देश आज तरक्की के उच्च सोपान तक पहुँच गए। अपनी आंतरिक समस्याओं से निजात पा चुके, लेकिन भारत के राजनेता विभिन्न जातियों, क्षेत्रों, संप्रदायों के बीच नफरत के बीज बोकर आपस में लड़ाने के जरिए अपने स्वार्थ की रोटियाँ सेंकते रहे। उनकी ऊर्जा सिर्फ चुनाव जीतने और अपनी कुरसी को बचाए रखने में खर्च होती रही। लिहाजा उनकी लालसा तो पूरी हो रही है, लेकिन आजादी के 74 साल बाद भी देशवासियों की बुनियादी समस्याओं का निदान नहीं हो पा रहा है।

भारत में इसकी मिसाल भरी पड़ी है। यदि हर पाँच साल पर नया जनादेश प्राप्त करने की विवशता नहीं होती तो देश की स्थिति कुछ और होती। भारत के बाद आजाद हुए देश आज तरक्की के उच्च सोपान तक पहुँच गए। अपनी आंतरिक समस्याओं से निजात पा चुके, लेकिन भारत के राजनेता विभिन्न जातियों, क्षेत्रों, संप्रदायों के बीच नफरत के बीज बोकर आपस में लड़ाने के जरिए अपने स्वार्थ की रोटियाँ सेंकते रहे।

राजनीति से भी ज्यादा घातक विभिन्न देशों के बीच विकास की दौड़ में आगे निकलने की लालसा है। यह पूरे भू-मंडल को प्रभावित कर रही है। समस्या यह है कि मनुष्य स्वयं को सृष्टि का सर्वश्रेष्ठ जीव समझता है। उसके सर्वश्रेष्ठ जीव होने में कोई संदेह नहीं है। वह बिल्कुल सही समझता है। लेकिन उसने अपनी सुख-सुविधाओं के विकास की असीम लालसा में प्राकृतिक संसाधनों का अंधाधुंध दोहन करना शुरू कर दिया और प्रकृति के संतुलन को पूरी तरह बिगाड़ दिया। पर्यावरण को भारी नुकसान पहुँचाया। प्रकृति मनुष्य ही नहीं तमाम जीव-जंतुओं की आवश्यकताओं की पूर्ति करती है। इससे उसके संसाधन का जो हिस्सा खर्च होता है, उसकी भरपाई स्वत: हो जाती है। लेकिन औद्योगिक युग में मनुष्य ने स्वयं को प्रकृति का आश्रित होने की जगह उसका स्वामी समझ लिया और उसका बेतहाशा दोहन करना शुरू कर दिया। वह यह बात भूल गया कि संसाधनों पर सिर्फ उसका हक नहीं है। धरती के सारे जीवधारियों का हक है। एक चींटी से लेकर हाथी तक। मछली से लेकर चिड़िया तक। प्रकृति ने प्यास बुझाने के लिए पानी, भूख मिटाने के लिए वनस्पतियाँ, ऊर्जा के लिए धूप, साँस लेने के लिए हवा, चिकित्सा के लिए जड़ी-बूटियाँ आदि सबकुछ बिल्कुल मुफ्त दिया है, लेकिन मानव जाति की लालसा ने प्रकृति के पूरे चक्र को बिगाड़कर रख दिया है। पर्यावरण पर अत्यधिक मानवीय हस्तक्षेप के कारण जीवों और वनस्पतियों की हजारों प्रजातियों पर विलुप्त

औद्योगिक युग में मनुष्य ने स्वयं को प्रकृति का आश्रित होने की जगह उसका स्वामी समझ लिया और उसका बेतहाशा दोहन करना शुरू कर दिया। वह यह बात भूल गया कि संसाधनों पर सिर्फ उसका हक नहीं है। धरती के सारे जीवधारियों का हक है। एक चींटी से लेकर हाथी तक।

होने का खतरा मँडरा रहा है। वाइल्ड लाइफ कंजर्वेशन सोसाइटी के एक अध्ययन के मुताबिक अभी जमीन पर रहनेवाली 20,529 से अधिक रीढ़दार जीवों की करीब 85 फीसदी प्रजातियों पर खतरा बढ़ता जा रहा है। उनका आवास मानव हस्तक्षेप का भारी दबाव झेल रहा है। जबकि 16 फीसदी प्रजातियों पर इसका प्रत्यक्ष असर देखा जा सकता है।

एक विश्लेषण के अनुसार जमीन पर रहनेवाले रीढ़दार जीवों की प्रजातियों पर यह खतरा बहुत ज्यादा बढ़ गया है। इसके अलावा छोटे-छोटे समूह में रहनेवाली प्रजातियों पर यह खतरा स्थान के अनुसार कहीं कम तो कहीं ज्यादा है। इसमें 2,478 ऐसी प्रजातियाँ हैं, जिनको बहुत ज्यादा चिंता न करने की श्रेणी में रखा गया है, लेकिन उनमें से कई खतरे वाली श्रेणी की वाली प्रजातियों के साथ आवास साझा करती हैं।

एक विश्लेषण के अनुसार जमीन पर रहनेवाले रीढ़दार जीवों की प्रजातियों पर यह खतरा बहुत ज्यादा बढ़ गया है। इसके अलावा छोटे-छोटे समूह में रहनेवाली प्रजातियों पर यह खतरा स्थान के अनुसार कहीं कम तो कहीं ज्यादा है। इसमें 2,478 ऐसी प्रजातियाँ हैं, जिनको बहुत ज्यादा चिंता न करने की श्रेणी में रखा गया है, लेकिन उनमें से कई खतरे वाली श्रेणी की वाली प्रजातियों के साथ आवास साझा करती हैं। इस स्थिति में कि मानव हस्तक्षेप के चलते उनकी संख्या में भी गिरावट आ सकती है।

मानव की विकास की भूख स्वयं उसके लिए नुकसानदायक साबित हो रही है। वैज्ञानिकों ने मानव हस्तक्षेप के अंतर्गत आबादी और उसके आवास के घनत्व, यातायात जैसे सड़क, रेल, भूमि-उपयोग जैसे शहरीकरण, कृषि, वानिकी, खनन, बड़े बाँध, ऊर्जा संबंधी संरचना के प्रभावों का अध्ययन किया है। यह

कारक मौजूदा प्रजातियों के विलुप्त होने के लिए मुख्य रूप से जिम्मेदार माने जाते हैं।

एक युवक के जीवन की एकमात्र लालसा होती है—ढेर सारा पैसा कमाना, शानदार बंगला, लग्जरी गाड़ियाँ, एक सुखमय परिवार और सुख-सुविधा के अत्याधुनिक साधनों का स्वामित्व। यह सारा कुछ अर्जित कर लेने पर भी उसे संतोष नहीं होता। बैंक बैलेंस को 6 अंकों से 16 अंकों तक पहुँचाने की लालसा उसे शांति से नहीं रहने देती। 99 का चक्कर उसे हमेशा परेशान करता है। उपभोक्ता बाजार में रोज नए-नए उत्पाद उसे बेचैन रखते हैं। धन और ऐश्वर्य की लिप्सा मनुष्य के मन को कभी तृप्त नहीं होने देती। एक युवक की विदेश जाने की लालसा थी। इसे पूरा करने के लिए उसने अपराध का रास्ता अपनाया। यह घटना काशीपुर की है। वहाँ हरप्रीत और अमरजीत नामक दो युवक रिश्ते में भाई लगते थे। अमरजीत पहले कुवैत में काम करता था। वह काशीपुर आया हुआ था। अमरजीत को साइप्रस जाना था। इसके लिए वीजा आदि बनवाने के लिए उसे रुपयों की जरूरत थी। हरप्रीत भी विदेश जाना चाहता था। वह आईलेट्स की तैयारी कर रहा था। उसे भी रुपयों की जरूरत थी। इस बीच गुरुविंदर सिंह उर्फ रिंकू नामक युवक उनके संपर्क में आया। वह आपराधिक प्रवृत्ति का था। चोरी के आरोप में जेल जा चुका था। उसने सभी जरूरतों की पूर्ति के लिए लूट की वारदात को अंजाम देने का सुझाव दिया। दोनों भाई इसके लिए तैयार हो गए। उन्होंने बड़ी लूट की योजना बनाई। उसे अंजाम भी

एक युवक के जीवन की एकमात्र लालसा होती है—ढेर सारा पैसा कमाना, शानदार बंगला, लग्जरी गाड़ियाँ, एक सुखमय परिवार और सुख-सुविधा के अत्याधुनिक साधनों का स्वामित्व। यह सारा कुछ अर्जित कर लेने पर भी उसे संतोष नहीं होता।

दिया, लेकिन वे इस प्रयास में पुलिस के हत्थे चढ़ गए। वे संपन्न परिवारों से थे। अगर वे घरवालों से पैसों की जरूरत बताते तो उनकी माँग पूरी हो सकती थी। लेकिन वे भटकाव के कारण अपराध की दुनिया में उतर गए। उनकी विदेश जाने की लालसा तो पूरी नहीं हुई, लेकिन इस चक्कर में उन्हें जेल की हवा जरूर खानी पड़ी। बदनामी हुई सो अलग।

किसी चीज को प्राप्त करने की लालसा गलत नहीं है, लेकिन उसे हासिल करने के लिए गलत रास्ते अपनाना गलत है। इसलिए मनुष्य को चाहिए कि अपनी इच्छाओं को इतना बलवती नहीं होने दें कि उन्हें पूरा करने के लिए सही और गलत में भेद ही ना रहे।

□

M

मंथन

मंथन शब्द की उत्पत्ति मन से हुई है। मन दुर्बल हो सकता है, लेकिन उसे शक्तिशाली बनाने के लिए उसका मंथन करना होता है। दूध से निकली मलाई को जब तक मथा नहीं जाए, उसमें से मक्खन नहीं निकलता। मंथन शब्द का उच्चारण करते ही समुद्र मंथन की कहानी याद आने लगती है और उसका दृश्य उभरकर सामने आ जाता है। कहते हैं कि सृष्टि के शुरुआती दौर में जब यह धरती जलमग्न थी और एक छोटे से हिस्से में ही धरती सिमटी हुई थी तो देवताओं और दैत्यों ने मिलकर समुद्र मंथन किया था। मंदार पर्वत को मथनी और वासुकी नाग को रस्सी बनाकर उन्होंने पूरे समुद्र को मथ दिया था। इसके फलस्वरूप सबसे पहले हलाहल निकला था, जिससे पूरी धरती के भस्म हो जाने का खतरा उत्पन्न हो गया था। बाद में भगवान् शिव ने उसका पान कर सृष्टि की रक्षा की थी। हलाहल के बाद एक-एक कर 14 रत्न प्राप्त हुए और अंत में निकला अमृत का घड़ा। देवताओं ने उसमें दैत्यों का हिस्सा नहीं दिया और स्वयं उसका पान कर अमर हो गए। यह एक पौराणिक कथा मात्र नहीं पूरी तरह प्रतीकात्मक है। मानव मन भी एक समुद्र की तरह होता है, जिसमें नकारात्मक वृतियों का हलाहल भी होता है और रचनात्मक वृत्तियों के रत्न भी होते हैं और अमृत का घड़ा भी होता है। आत्ममंथन करने पर यह सारी चीजें एक-एक कर प्रकट होती हैं और

हमारे व्यक्तित्व में समाहित होती जाती हैं। इस प्रक्रिया में हमारे मन के अंदर से हलाहल भी निकलता है, अमृत भी निकलता है और 14 प्रकार के रत्न भी निकलते हैं। समुद्र मंथन का अर्थ मानव के अंतर्मन के मंथन से लगाया जाए और निरंतर उसे मथा जाए तो जीवन अमृतमय हो जाता है। इसमें जरा भी संदेह नहीं है।

यदि आप रोज रात को सोने से पहले दिन भर के कार्यों की तटस्थ भाव से समीक्षा करने की आदत डाल लें तो आपको अहसास हो जाएगा कि आपने उस दिन क्या-क्या बुरे काम किए। कौन-कौन से अच्छे काम किए। कितना झूठ, कितना सच बोला। आपका दिन पिछले दिन की तुलना में कैसा गुजरा। जब आप अपनी गलतियों की अनुभूति करेंगे तो स्वाभाविक रूप से उनमें सुधार लाने की कोशिश करेंगे।

यदि आप रोज रात को सोने से पहले दिन भर के कार्यों की तटस्थ भाव से समीक्षा करने की आदत डाल लें तो आपको अहसास हो जाएगा कि आपने उस दिन क्या-क्या बुरे काम किए। कौन-कौन से अच्छे काम किए। कितना झूठ, कितना सच बोला। आपका दिन पिछले दिन की तुलना में कैसा गुजरा। जब आप अपनी गलतियों की अनुभूति करेंगे तो स्वाभाविक रूप से उनमें सुधार लाने की कोशिश करेंगे। इस तरह धीरे-धीरे आपके व्यक्तित्व के अंदर से नकारात्मकता का हलाहल खत्म होता जाएगा और रचनात्मक गुणों के रत्न आपके व्यक्तित्व को प्रभावशाली बना देंगे। समाज में आपकी स्वीकार्यता, आपकी प्रतिष्ठा बढ़ेगी। अधिकांश लोग आत्ममंथन की प्रक्रिया से नहीं गुजरते। इसके कारण उनका जीवन संतुलित नहीं रहता। मन बेचैन रहता है।

शास्त्रों में कहा गया है कि जितना अध्ययन करें उससे ज्यादा

चिंतन और मनन करें। मनन शब्द मंथन का ही पर्याय है। अध्ययन सिर्फ किताबी ज्ञान देता है। व्यावहारिक जीवन में उसका उपयोग या तो कम होता है या बिल्कुल नहीं होता। इसलिए उसका सही उपयोग नहीं हो पाता। वह व्यर्थ हो जाता है। यदि हम पढ़े हुए पाठ का पूरी तन्मयता के साथ मंथन करें तो उसके प्रति समझ बढ़ेगी और उसके अंदर का अमृत हमें प्राप्त हो जाएगा। इसके बाद जो ज्ञान हम अर्जित करेंगे, उसमें स्थायित्व होगा। जीवन में उसकी उपयोगिता होगी।

पंचतंत्र में वर्णित साधु और तोतों के झुंड की कहानी बचपन में लगभग सभी ने सुनी होगी। साधु ने तोतों को आत्मरक्षा के लिए शिकारी आएगा, जाल बिछाएगा, दाना डालेगा, लोभ से उसमें फँसना नहीं का पाठ पढ़ाया था। उन्हें यह पाठ कंठस्थ हो गया था। वे उसे निरंतर दुहराते रहते थे। साधु निश्चिंत हो गए कि उनकी कुटिया के पास विशाल वृक्ष पर रहनेवाले तोते किसी भी शिकारी के जाल में नहीं फँसेंगे और उसके सामने आने पर अपना बचाव कर लेंगे। लेकिन तोतों ने सिर्फ पाठ को रट लिया था। व्यावहारिक जीवन में उसकी उपयोगिता को समझ नहीं उसके थे। इसलिए एक दिन जब साधु बाबा कहीं भ्रमण पर निकले थे, सचमुच का शिकारी आया, जाल बिछाया, दाना डाला तो सभी तोते साधु के सूत्रवाक्य का पाठ करते हुए जाल में फँसते चले गए। उन्होंने पाठ को रट लिया था, लेकिन यह जीवन की रक्षा का मंत्र है, इस बात को नहीं समझ सकते थे।

पंचतंत्र में वर्णित साधु और तोतों के झुंड की कहानी बचपन में लगभग सभी ने सुनी होगी। साधु ने तोतों को आत्मरक्षा के लिए शिकारी आएगा, जाल बिछाएगा, दाना डालेगा, लोभ से उसमें फँसना नहीं का पाठ पढ़ाया था। उन्हें यह पाठ कंठस्थ हो गया था।

संस्कृत के महान् कवि कालिदास अपने समय के सबसे बड़े मूर्ख थे। वे जिस डाल पर बैठे थे, उसी को काट रहे थे। उस राज्य के विद्वत्जन राजकुमारी तिलोत्तमा को सबक सिखाने के लिए किसी ऐसे ही पात्र को ढूँढ़ रहे थे। राजकुमारी ने घोषणा की थी कि जो उसे शास्त्रार्थ में पराजित कर देगा, उसी से विवाह करेगी। उस इलाके के तमाम विद्वान् शास्त्रार्थ के लिए गए और पराजित हो गए। अपने अपमान का बदला लेने के लिए उन्होंने तय किया था कि किसी महामूर्ख से उसका विवाह करा देंगे। वे कालिदास को तिलोत्तमा के पास ले गए और उसे समझा दिया कि उसे कुछ बोलना नहीं है। हर सवाल का जवाब इशारों में देना है। कालिदास अपनी समझ से इशारों में जवाब देते गए और विद्वत्जन उनकी विद्वत्तापूर्ण व्याख्या करते गए। तिलोत्तमा से उनका विवाह हो गया, लेकिन सुहागरात को ही उनकी कलई खुल गई। तिलोत्तमा ने उन्हें लात मारकर भगा दिया। इससे पीड़ित होकर कालिदास ने विद्याध्ययन किया और चिंतन-मनन के जरिए सचमुच के विद्वान् और अपने समय के संस्कृत के सबसे बड़े कवि के रूप में सम्मानित हुए। उनका साहित्य अमर हो गया। हिंदी के भक्तिकाल के कवि तुलसीदास और सूरदास की कहानी भी इससे मिलती-जुलती है। आत्ममंथन ही आंतरिक ज्ञान के चक्षुओं को खोलता है। एक यूरोपीय मनोवैज्ञानिक का कहना है कि एक औसत मस्तिष्क

संस्कृत के महान् कवि कालिदास अपने समय के सबसे बड़े मूर्ख थे। वे जिस डाल पर बैठे थे, उसी को काट रहे थे। उस राज्य के विद्वत्जन राजकुमारी तिलोत्तमा को सबक सिखाने के लिए किसी ऐसे ही पात्र को ढूँढ़ रहे थे। राजकुमारी ने घोषणा की थी कि जो उसे शास्त्रार्थ में पराजित कर देगा, उसी से विवाह करेगी।

के व्यक्ति के पास इतनी मेधा होती है कि अबतक की प्रकाशित तमाम पुस्तकों में संचित ज्ञान को अपनी स्मृति में सँजो सके। यह निरंतर अभ्यास, एकाग्रचित्तता और चिंतन मनन के जरिए ही संभव है।

इस दुनिया में कम ही लोग ऐसे हैं, जो कालिदास, तुलसीदास की राह पर चले, अपने अंदर की प्रतिभा को निखारें। मानव समाज को उससे लाभान्वित करें। अधिकांश लोगों की स्थिति साधु के तोतों की तरह होती है, जो किताबों का रट्टा लगा जाता है, लेकिन उसके मर्म को नहीं समझ पाता। जो ज्ञान जीवन को बेहतर नहीं बनाता, व्यक्तित्व को चौकस नहीं बनाता। उसकी कोई उपयोगिता नहीं। वह व्यर्थ है। जीवन में मंथन और आत्ममंथन के महत्त्व को जो समझ लेता है, वही जीवन में कुछ बड़ा काम कर पाता है।

□

N

नकारात्मकता

हम जिस वातावरण में रहते हैं, उसमें दो तरह की तरंगें प्रभावित होती रहती हैं। नकारात्मक और सकारात्मक। इनका सीधा असर हमारे सोच-विचार और मन मस्तिष्क पर पड़ता है। किसी-किसी स्थान पर हम अपने मन में असीम शांति और मस्तिष्क में ऊर्जा की अनुभूति करते हैं। खासतौर पर जब हम प्रकृति की छटाओं के बीच या वीरानी में स्थित किसी धर्मस्थल पर होते हैं। हम थोड़े समय के लिए पूरी दीन-दुनिया को भूल जाते हैं। अपनी तमाम समस्याओं से विलग हो जाते हैं। प्रत्यक्ष रूप से इसका कोई कारण समझ में नहीं आता। लेकिन दरअसल वहाँ के वातावरण में सकारात्मक तरंगें होती हैं, जो हमारे अंदर ऊर्जा का संचार कर देती हैं। ठीक इसके विपरीत कुछ जगहों पर हमें अकारण चिड़चिड़ापन, भय और कमजोरी की अनुभूति होती है। यह सकारात्मक और नकारात्मक तरंगों की बहुलता के कारण होता है।

आम आदमी ही नहीं बड़े-बड़े सिद्ध पुरुष भी इन तरंगों से प्रभावित हो जाते हैं। हमारे विश्वप्रसिद्ध भविष्यवक्ता प्रलय आने और धरती के जीवविहीन हो जाने की कितनी ही तिथियाँ तय कर चुके हैं। तीसरे विश्वयुद्ध की भी कई तिथियाँ घोषित की जा चुकी हैं। लेकिन उनमें से अधिकांश तिथियाँ बीत गईं और उनकी भविष्यवाणी गलत साबित हुई। वे भविष्यवक्ता अवश्य सकारात्मक तरंगों के प्रभाव में आने के कारण बने

होंगे, लेकिन जब नकारात्मकता हावी हुई तो मानव सभ्यता की समाप्ति की बात कर दी। हाल में एक भविष्यवक्ता ने कहा था कि 27 जून को कलियुग समाप्त होने जा रहा है और 28 जून से सत्ययुग की शुरुआत हो जाएगी। वह तिथि कब की बीत गई, लेकिन सत्ययुग का कोई लक्षण तो नजर नहीं आ रहा है। इस तरह की कपोल-कल्पित धारणाएँ तरंगों के कारण ही उत्पन्न होती हैं। उनका वास्तविकता से कोई संबंध नहीं होता।

नकारात्मकता व्यक्ति के जीवन को हर उम्र में प्रभावित करती है। यह आत्मविश्वास को कमजोर करती है। आत्मबल को कम करती है। एक विद्यार्थी चाहे वह कितना भी मेधावी हो, चाहे उसने परीक्षा में कितना भी अच्छा किया हो, लेकिन उसके मन में धुकधुकी लगी रहती है कि पता नहीं रिजल्ट कैसा आएगा। एक सज्जन ने जीवन में बहुत पैसा कमाया, लेकिन अपने लिए जमीन का एक प्लॉट नहीं खरीद सके। रहने के लिए एक घर नहीं बनवा सके। उन्हें कोई प्लॉट दिखाता भी था तो उनके मन में यह शंका उठती थी कि उनके खरीदने के बाद कहीं कोई दबंग व्यक्ति उसपर कब्जा न कर ले। ऐसा हुआ तो उन्हें जीवन भर कोर्ट-कचहरी और थाने का चक्कर लगाना पड़ेगा। इससे अच्छा है कि इस पचड़े में न पड़ा जाए। वे हमेशा शंकाग्रस्त रहते थे। औरों की तो छोड़िए उन्हें अपने आप पर भी विश्वास नहीं था। वे हर किसी को संदेह की दृष्टि से देखते थे। उनका कोई जाननेवाला, कोई नाते-रिश्तेदार मिठाई अथवा

नकारात्मकता व्यक्ति के जीवन को हर उम्र में प्रभावित करती है। यह आत्मविश्वास को कमजोर करती है। आत्मबल को कम करती है। एक विद्यार्थी चाहे वह कितना भी मेधावी हो, चाहे उसने परीक्षा में कितना भी अच्छा किया हो, लेकिन उसके मन में धुकधुकी लगी रहती है कि पता नहीं रिजल्ट कैसा आएगा।

फल लेकर आता तो उनके मन में शंका उठती कि कहीं उसने जहर तो नहीं मिला दिया है। उन्होंने अपने घर में एक देसी कुत्ता पाल रखा था। कोई भी व्यंजन वे पहले कुत्ते को खिलाते थे और आधे घंटे तक उसकी निगरानी करते थे। जब वह सामान्य दिखता था तो स्वयं उसका स्वाद लेते थे। हमेशा उनकी शंका निराधार निकलती थी, लेकिन उनका शंकालु स्वभाव बदल नहीं पाता था। ऐसा क्यों होता है, वे इसका कारण समझ नहीं पाते थे। समझने की कोशिश भी नहीं करते थे। उनके मन में निराशा का भाव कहाँ से और क्यों उत्पन्न हो रहा है, वे नहीं जान पाते थे।

ऐसे लोगों के बात-व्यवहार तक में नकारात्मकता का असर आने लगता है, जो उनके पूरे जीवन को प्रभावित करने लगता है। किसी-किसी घर के वातावरण में भी नकारात्मकता होती है। ऐसे घरों में रहनेवालों का मन हमेशा बेचैन रहता है। अच्छी नींद नहीं आती। आपस में लड़ाई-झगड़े होते रहते हैं। घरों में पूजाघर, हवन आदि का प्रावधान इसलिए किया गया था कि इससे नकारात्मकता कम हो।

ऐसे लोगों के बात-व्यवहार तक में नकारात्मकता का असर आने लगता है, जो उनके पूरे जीवन को प्रभावित करने लगता है। किसी-किसी घर के वातावरण में भी नकारात्मकता होती है। ऐसे घरों में रहनेवालों का मन हमेशा बेचैन रहता है। अच्छी नींद नहीं आती। आपस में लड़ाई-झगड़े होते रहते हैं। घरों में पूजाघर, हवन आदि का प्रावधान इसलिए किया गया था कि इससे नकारात्मकता कम हो। धर्मस्थलों पर जाने की सलाह भी इसलिए दी जाती है। ऐसा नहीं कि वहाँ स्थापित मूर्ति अथवा अन्य प्रतीकों में कोई चमत्कारिक शक्ति होती है। दरअसल हजारों लोगों की आस्था का केंद्र होने के कारण वहाँ के वातावरण में

सकारात्मकता होती है। आप कुछ देर वहाँ रहते हैं तो आपके अंदर की नकारात्मकता दूर होती है।

वह शब्द जो आपको हर काम को करने से एक बार के लिए रोक दे, वही नकारात्मकता है। जहाँ किसी के मन में ऐसा तो नहीं, या यह नहीं हो सकता जैसे विचार मन में आते हैं, वहीं पर नकारात्मक विचार होते हैं। आज की भागमभाग भरी जिंदगी में तो हमारे चारों तरफ नकारात्मकता इस हद तक फैली हुई है कि अगर जीवन में थोड़ी सी भी परेशानी आ जाए तो मन चाहकर भी सकारात्मक नहीं सोच पाता।

हमारी महत्त्वाकांक्षाएँ एक-दूसरे के बीच की प्रतिस्पर्धा और आगे निकलने की होड़ के बीच कहीं-न-कहीं पीछे छूटने का डर हमारे जेहन पर हावी हो जाता है और हम अपनी सफलता के प्रति अस्वस्थ नहीं हो पाते। दरअसल हमारी सोच पूरी तरह नकारात्मक हो चुकी है और हम सफलता के करीब पहुँचकर भी उसे प्राप्त नहीं कर पाते।

हमारी महत्त्वाकांक्षाएँ एक-दूसरे के बीच की प्रतिस्पर्धा और आगे निकलने की होड़ के बीच कहीं-न-कहीं पीछे छूटने का डर हमारे ज़हन पर हावी हो जाता है और हम अपनी सफलता के प्रति आश्वस्थ नहीं हो पाते। दरअसल हमारी सोच पूरी तरह नकारात्मक हो चुकी है और हम सफलता के करीब पहुँचकर भी उसे प्राप्त नहीं कर पाते। विफलताएँ हमें और कमजोर करती चली जाती हैं।

हम चाहे कुछ भी कर रहे होते हैं, हमें उसमें विफल हो जाने का डर सताता रहता है। हमारे एक परिचित हैं। वे रेल यात्रा पर होते हैं तो कभी अपनी बर्थ पर नहीं बैठते। पूरी यात्रा के दौरान गेट के पास खड़े रहते हैं। बहाना हवा का बनाते हैं, लेकिन असल में उन्हें लगता है कि कहीं ट्रेन का एक्सीडेंट हो गया तो अपना बचाव कैसे करेंगे। बर्थ पर

रहेंगे तो नहीं बच पाएँगे। गेट पर रहे तो कम-से-कम समय रहते छलाँग तो लगा सकते हैं। बस यात्रा में भी उनकी यही प्रवृत्ति रहती है। चाहे बस एसी हो या नॉन एसी। उनकी जगह ड्राइवर के पास वाले गेट पर होती है। लोगों को चढ़ने उतरने में दिक्कत हो तो हो, वे वहीं रहेंगे। अगर वे किसी नदी के तट पर बसे शहर में जाते हैं तो उन्हें यह डर सताता रहता है कि कहीं उनके पहुँचते ही नदी में बाढ़ आ गई तो वे क्या करेंगे। पहाड़ की सैर पर गए और कहीं पाँव फिसल गया तो…। इस तरह के विचार जब मन पर हावी होते हैं तो कोई भी कार्य करने से रोकने का बहाना बन जाते हैं। आप जो भी तर्क करें, जो भी दलील दें उनके गले नहीं उतरता। उनका आत्मबल इतना कमजोर हो जाता है कि अकेले किसी यात्रा पर नहीं जा सकते। घर से निकलने के लिए भी उन्हें किसी के साथ की जरूरत पड़ती है।

नकारात्मकता, जिसे हम नेगेटिविटी भी कहते हैं, को पहचानने का बहुत ही आसान तरीका है, जब भी कोई आदमी नकारात्मक होता है तो उसकी सोच उसको दुःखी, उदास, तनावपूर्ण और जीवन से छुटकारा पाने के विचार की ओर ले जाती है। नकारात्मक सोच कभी मन को प्रसन्न नहीं होने देती।

नकारात्मकता, जिसे हम नेगेटिविटी भी कहते हैं, को पहचानने का बहुत ही आसान तरीका है, जब भी कोई आदमी नकारात्मक होता है तो उसकी सोच उसको दुःखी, उदास, तनावपूर्ण और जीवन से छुटकारा पाने के विचार की ओर ले जाती है। नकारात्मक सोच कभी मन को प्रसन्न नहीं होने देती।

दिमाग के कई अलग-अलग हिस्से होते हैं, जिनका काम अलग-अलग होता है। ठीक उसी तरह हमारी भावनाओं और विचारों को नियंत्रित करने के लिए हमारे दिमाग का एक अहम हिस्सा कार्य करता है, जिसे

हिप्पोकैंपस कहा जाता है। इस हिस्से में कोर्टिसोल नामक हार्मोन के स्तर में असंतुलन होने के कारण व्यक्ति के भीतर नकारात्मक विचार और भावनाएँ जन्म लेने लगती हैं। नकारात्मकता किसी भी व्यक्ति के लिए ठीक नहीं मानी जाती, क्योंकि इस तरह के विचार उत्पन्न होने पर व्यक्ति आंतरिक रूप से शांत नहीं रह पाता है। और ऐसा हमारे भविष्य के डर के कारण होता है कि आगे पता नहीं क्या हो जाएगा?

मनुष्य वातावरण से प्रभावित होता है। लेकिन योग और अध्यात्म की साधना मनुष्य के अंदर इतनी क्षमता उत्पन्न कर देती है कि वह वातावरण से प्रभावित न हो, बल्कि वातावरण को प्रभावित करने लगे। यह मानसिक शक्तियों के जागरण से संभव होता है। कहते हैं कि महात्मा बुद्ध जिस इलाके से गुजरते थे, उसके कुछ किलोमीटर की परिधि में लोग शांति की अनुभूति करते थे। यह बुद्ध की साधना के कारण संभव होता था। लेकिन यह भी सच है कि हर कोई साधु, महात्मा, योगी या साधक नहीं हो सकता। गृहस्थ जीवन में रहकर कम ही लोग योग या ध्यान की साधना कर पाते हैं। आम आदमी अपने रोजमर्रा के जीवन में इतना व्यस्त रहता है कि उसके पास इन चीजों के लिए फुरसत नहीं होती। लेकिन बड़े-बुजुर्ग सिद्ध लोगों का आशीर्वाद ग्रहण करने का परामर्श देते हैं तो इसके पीछे यही कारण है।

□

0

ओपिनियन

व्यक्ति चाहे पढ़ा-लिखा हो या अनपढ़ लेकिन अपने आसपास की दुनिया से, देश-विदेश के घटनाक्रम से, जिस हद तक अवगत होता है, जिस हद तक प्रभावित होता है, उस हद तक अपना विचार अवश्य व्यक्त करता है। चाहे वह परिजनों के बीच हो, चौक-चौराहे पर हो, चाय-पान की दुकान पर हो, ट्रेन अथवा बस की यात्रा के दौरान हो अथवा पत्र-पत्रिकाओं के कॉलम में। यू-ट्यूब के वीडियो में। वह अपना ओपिनियन देता अवश्य है। चाहे वह तर्कसंगत हो अथवा असंगत। सतही हो या गहरा। उसके विचारों से लोग सहमत हों अथवा असहमत। उसे कोई फर्क नहीं पड़ता। लेकिन यह भी सच है कि लोकतंत्र में आम आदमी के मत का प्रतिनिधित्व दरअसल वही लोग करते हैं, जिनके ऊपर कोई बौद्धिक मुलम्मा नहीं चढ़ा होता। जिनके मन में अपने विचारों के प्रचार-प्रसार की कोई आकांक्षा नहीं होती। आम जन के मत का महत्त्व होने के कारण ही मीडिया हाउस और बहुत सारी संस्थाएँ विभिन्न विषयों पर सर्वेक्षण कराकर उनका मत संग्रह करती हैं। व्यवस्था पर इन मत संग्रहों का काफी असर होता है। राजनीतिक दलों की रणनीति में इनकी विशेष भूमिका होती है। चुनाव के समय तो ओपिनियन पोल पर सबकी नजर टिकी रहती है।

देश में एक बड़ी संख्या उन लोगों की है, जो सामयिक विषयों पर

टीका-टिप्पणी करते हैं और उसे पब्लिक डोमेन में डालते हैं। लेखकों-पत्रकारों की बात छोड़ भी दें तो आजकल सोशल मीडिया पर तरह-तरह के ओपिनियन के ज्वार-भाटा उठते रहते हैं। इनपर दिन-भर बहसें चलती रहती हैं। उनपर बौद्धिक समाज की भी नजर होती है और सरकारी तंत्र की भी। सामाजिक संगठनों की भी नजर होती है और दूसरे मुल्कों की भी। सोशल मीडिया का ओपिनियन राजनीतिक दलों के लिए तो महत्त्वपूर्ण होता ही है, व्यवस्था के सभी अंगों के लिए महत्त्व रखता है। हाल के वर्षों में लगभग सभी राजनीतिक दलों ने अपना-अपना आई.टी. सेल गठित कर रखा है। उनमें भारी संख्या में लोग नियुक्त किए जाते हैं। उनका काम दिन भर सोशल मीडिया पर पार्टी के पक्ष में माहौल बनाना और विपक्षियों पर कटाक्ष करना होता है। यह एक तरह का नियोजन और आजीविका का साधन होता है। लेकिन इस तरह के प्रायोजित प्रयास चाहे सोशल मीडिया के प्लेटफार्मों पर हों अथवा मुख्य धारा के मीडिया संस्थानों में इसे ओपिनियन नहीं कह सकते।

हाल के वर्षों में लगभग सभी राजनीतिक दलों ने अपना-अपना आई.टी. सेल गठित कर रखा है। उनमें भारी संख्या में लोग नियुक्त किए जाते हैं। उनका काम दिन भर सोशल मीडिया पर पार्टी के पक्ष में माहौल बनाना और विपक्षियों पर कटाक्ष करना होता है। यह एक तरह का नियोजन और आजीविका का साधन होता है। लेकिन इस तरह के प्रायोजित प्रयास चाहे सोशल मीडिया के प्लेटफार्मों पर हों अथवा मुख्य धारा के मीडिया संस्थानों में इसे ओपिनियन नहीं कह सकते।

इसे आम जन के ओपिनियन को अपने पक्ष में मोड़ने की एक सुनियोजित योजना कहा जा सकता है। लेकिन राजनीतिक दल बड़े

पैमाने पर और बड़े सुनियोजित तरीके से यह काम कर रहे हैं। लोगों पर प्रायोजित विचारों को थोपने की कोशिश ने आज आइटी क्षेत्र के नौजवानों के साथ बौद्धिक वर्ग को भी एक साजिशकर्ता की भूमिका में ला खड़ा किया है। मौजूदा समय में तटस्थ और निष्पक्ष विचारों के लिए हाशिए में भी जगह नहीं रह गई है। इसका सीधा कारण यह है कि उनकी प्रतिबद्धता अब आम जनता की जगह राजनीतिक दलों और राजनेताओं से जुड़ चुकी है। अपना स्वार्थ साधना जीवन का मुख्य उद्देश्य बन चुका है। विचारधारा नाम की कोई चीज रह ही नहीं गई है। कौन कब किस करवट बैठेगा कोई नहीं जानता। बौद्धिक समाज के लोग व्यवस्था का लाभ जनता तक पहुँचाने की चिंता नहीं करते। स्वयं लाभ उठानेवालों की अग्रिम पंक्ति में खड़े हो जाते हैं। उनकी सफलता का पैमाना उनका लेखन नहीं, उनकी समृद्धि बन गया है। वे व्यवस्था का एक अंग बन चुके हैं। इतनी बड़ी बौद्धिक गिरावट पहले कभी नहीं देखी गई थी।

अपना स्वार्थ साधना जीवन का मुख्य उद्देश्य बन चुका है। विचारधारा नाम की कोई चीज रह ही नहीं गई है। कौन कब किस करवट बैठेगा कोई नहीं जानता। बौद्धिक समाज के लोग व्यवस्था का लाभ जनता तक पहुँचाने की चिंता नहीं करते।

लेकिन यह भी सच है कि खेत-खलिहान में अनाज उगाता किसान, हाड़तोड़ मेहनत करता मजदूर उनके विचारों से कम ही प्रभावित होता है। वह स्थानीय संबंधों के आधार पर अपना ओपिनियन बनाता है। अखबार पढ़ने की उसे आदत नहीं के बराबर है। टी.वी. पर भी वह कृषि संबंधी कार्यक्रम देखता है या मनोरंजन चैनलों को देखना पसंद करता है। खबरिया चैनल और उसपर चल रहीं बहसों में उसकी रुचि कम ही होती है। खबरों की दुनिया से उसका वास्ता स्मार्ट फोन और जियो का

सिमकार्ड लॉन्च होने के बाद बढ़ा है। जेब में फोन, हथेली पर इंटरनेट और सस्ता डाटा मिलने के बाद फुरसत के समय चलते-फिरते यदि शिक्षित है तो वेब-पोर्टलों पर चल रही खबरों पर, वैचारिक लेखों पर, टीका-टिप्पणियों पर उसकी नजर चली ही जाती है। अन्यथा यू-ट्यूब का तो वह दीवाना हो चुका है। पढ़ा-लिखा किसान सोशल मीडिया पर भी अपने विचार व्यक्त करता है। आम आदमी में एक खास बात यह होती है कि एक बार उसके मन में जो बात बैठ जाती है, वह आसानी से निकलती नहीं। लेकिन अपने नागरिक अधिकारों और कर्तव्यों के प्रति उसमें जागरुकता का अभाव होता है। गाँव समाज के प्रभावशाली लोग उसके विचारों को अभी भी प्रभावित कर देते हैं। वह जरा सी बात पर खुश और जरा सी बात पर नाराज हो जाता है। उसके ओपिनियन को प्रभावित करने की पर्याप्त गुंजाइश रहती है। इसलिए किसी भी चुनाव में मतदान पूर्व की रात बहुत महत्त्वपूर्ण मानी जाती है। उस रात प्रचार वाहनों के पहिए थमे 36 घंटे बीत चुके होते हैं। यह डोर टू डोर कंपेन का समय होता है। उस रात को सभी प्रत्याशी अपने वोटरों को सुरक्षित रखने और दूसरों के वोटरों तो तोड़ने की कोशिश करते हैं। इसके लिए भय, लोभ आदि तमाम तरह के अस्त्र आजमाए जाते हैं। व्यक्तिगत और सामूहिक स्तर पर वादों की झड़ी लगा दी जाती है। कभी-कभी तो एक ही रात में सारे समीकरण बदल जाते हैं।

आम आदमी में एक खास बात यह होती है कि एक बार उसके मन में जो बात बैठ जाती है, वह आसानी से निकलती नहीं। लेकिन अपने नागरिक अधिकारों और कर्तव्यों के प्रति भी उसमें जागरुकता का अभाव होता है। गाँव समाज के प्रभावशाली लोग उसके विचारों को अभी भी प्रभावित कर देते हैं। वह जरा सी बात पर खुश और जरा सी बात पर नाराज हो जाता है।

जीतनेवाला हार जाता है और हारनेवाला जीत जाता है।

सच पूछें तो आज के समय में विचारों में दृढ़ता एक दुर्लभ वस्तु बन चुकी है। ज्यादातर विचार लचीले होते हैं, जिन्हें मनचाही दिशा में मोड़ा जा सकता है। राजनीति ही नहीं जीवन के किसी भी क्षेत्र में। साहित्य की ही बात करें तो मध्ययुग तक इसमें कोई खास धारा या वाद का विवाद नहीं था। अधिकांश रचनाकार दरबारी थे और शहंशाह को आनंदित करनेवाला शास्त्रीय सहित्य रचते थे। शेर कहते थे। कविताएँ रचते थे। उन्हीं की जीवन कथाएँ कहते थे। कभी अध्यात्म की बातें करते थे कभी दीनो-ईमान की। उस जमाने में पत्र-पत्रिकाएँ नहीं थीं। संकलन भी मुश्किल से प्रकाशित होते थे। मीर तकी मीर के शेर तो फ्रेम जड़वाकर उपहारस्वरूप एक-दूसरे को भेजे जाते थे। वाद का विवाद वामपंथी आंदोलन के दौर में शुरू हुआ। बाद में लोकतंत्र की धारा उससे टकराने लगी। आज कितने ही मठ मठिया, खेमे, कितनी ही धाराएँ प्रवाहित हो रही हैं।

लेकिन वास्तव में यह व्यवस्था और विचारों का संक्रमण काल है। इस समय जो कुछ चल रहा है, वह अंतिम सत्य नहीं है। तटस्थ और निष्पक्ष विचारधारा ही भविष्य की थाती बनेगी। इतिहास किसी को माफ नहीं करता। जो सत्य है, शिव है, सुंदर है अंततः उसी को स्वीकृति मिलेगी। इसमें कोई संदेह नहीं है।

□

P

पराक्रम

पराक्रम शब्द का उपयोग आमतौर पर राजा अथवा सेना के लिए किया जाता है। आज के समय में राजा की जगह शासक कहा जा सकता है। पराक्रम की उत्पत्ति शक्ति, साहस और बहादुरी से होती है। जो साहसी होगा, शक्तिशाली होगा, वही पराक्रमी होगा। पिछले दिनों गलवान घाटी में भारतीय सैनिकों ने संख्या की दृष्टि से कम और निहत्थे होने पर भी पारंपरिक हथियारों से लैस चीनी सेना के दाँत खट्टे कर दिए तो यह हमारी सेना का साहस और पराक्रम था। 1971 में इंदिरा गांधी की सरकार ने पाकिस्तान को पराजित कर उसे दो टुकड़ों में बाँट दिया तो यह उनका साहस, खुफिया संस्थाओं की चौकसी और सेना के पराक्रम का नतीजा था। वहीं तिब्बत पर चीन के अवैध कब्जे का प्रतिरोध न करना पंडित नेहरू के अंदर पराक्रम के अभाव का द्योतक था। 1962 के भारत-चीन युद्ध में सेना ने अपने पराक्रम का प्रदर्शन किया, लेकिन नेहरूजी अपने साहस का प्रदर्शन नहीं कर सके। यह उनके लिए भारी मानसिक आघात का कारण बना। नेतृत्व का साहस और सेना का पराक्रम ही किसी देश को शक्तिशाली बनाता है। पराक्रम मानव की आंतरिक शक्ति का पर्याय होता है, यह हथियारों का मोहताज नहीं होता। कैप्टन अब्दुल हमीद ने सिर्फ अपने पराक्रम के बल पर अकेले दुश्मन के पैटर्न टैंक नष्ट कर डाले थे।

शासक के पराक्रम के कई आयाम होते हैं। वह मानव समाज के लिए अच्छा भी होता है और बुरा भी। पराक्रमी व्यक्ति यदि आत्मकेंद्रित हो जाए और स्वार्थ के वशीभूत होकर अन्याय के रास्ते पर चल पड़े तो वह क्रूर हो जाता है और मानवता के लिए मुसीबत बन जाता है। दुनिया में पराक्रमी योद्धाओं की लंबी सूची है। उनकी कहानियाँ इतिहास के पन्नों में दर्ज हैं। समस्या यह है कि इतिहास की किताबें पाठ्यक्रमों में शामिल होती हैं और छात्र जीवन में उन्हें पढ़ने का मकसद अतीतकाल को पढ़ना, उसके बारे में जानना नहीं, बल्कि परीक्षा में बेहतर अंक प्राप्त कर लेना भर होता है। व्यावहारिक जीवन में आने के बाद बहुत कम ही लोग जानने के मकसद से इतिहास का अध्ययन करते हैं। बहरहाल प्राचीनकाल में यूनान में सिकंदर एक महान्, एक पराक्रमी योद्धा था। वह भी आज एक मिथक बन चुका है। वह पराक्रमी था। उसके अंदर विश्वविजेता बनने की महत्त्वाकांक्षा थी। लेकिन उसे अंदाजा नहीं था कि दुनिया कितनी बड़ी है और उसमें कितने सारे सूरमा रहते हैं। पूरे विश्व को जीतने के लिए एक जीवन काफी नहीं है। वह पूरा जीवन युद्ध लड़ता रहा और मरा भी तो एक मच्छरजनित बीमारी से। बड़े-बड़े सूरमाओं को पराजित करनेवाले सिकंदर महान् को एक मामूली से मच्छर ने हरा दिया और वह कुछ नहीं कर सका।

शासक के पराक्रम के कई आयाम होते हैं। वह मानव समाज के लिए अच्छा भी होता है और बुरा भी। पराक्रमी व्यक्ति यदि आत्मकेंद्रित हो जाए और स्वार्थ के वशीभूत होकर अन्याय के रास्ते पर चल पड़े तो वह क्रूर हो जाता है और मानवता के लिए मुसीबत बन जाता है। दुनिया में पराक्रमी योद्धाओं की लंबी सूची है। उनकी कहानियाँ इतिहास के पन्नों में दर्ज हैं।

नेपोलियन बोनापार्ट फ्रांस का पराक्रमी शासक और सेनापति था। एक साधारण सिपाही से अपने पराक्रम के बल पर ही वह फ्रांस का शासक बना। वह कहता था कि फ्रांस का राजमुकुट जमीन पर गिरा था। उसने तलवार की नोक पर उसे उठाया और सर पर धारण कर लिया। लेकिन शासक बनने के बाद उसके अंदर भी विश्व विजय की महत्त्वाकांक्षा जाग्रत् हो गई। उसने कई देशों पर आक्रमण किया और विजय पताका फहराता गया। जिस सैन्य टुकड़ी का उसने स्वयं नेतृत्व किया वह कभी पराजित नहीं हुई। वह एक ऐसा सेनापति था, जो कठिन-से-कठिन समय में भी अपनी सेना के मनोबल को गिरने नहीं देता था। कहते हैं कि एक बार उसे अपनी सेना के साथ हिमालय के बाद दुनिया के सबसे ऊँचे पहाड़ आल्प्स को पार करना था। उसके सैनिक आल्प्स पार करने की बात सुनकर घबरा गए थे। उनके मनोभाव को समझकर नेपोलियन ने कहा—आल्प्स है कहाँ और सैनिकों के अंदर इतना जोश भर गया कि वे आसानी से पहाड़ को पार कर गए। उसने बड़े-बड़े शासकों को पराजित किया, लेकिन साइबेरिया की बर्फीली हवाओं से पराजित हो गया। रूस पर जाड़े के मौसम में हमला करना उसे महँगा पड़ा। उसकी अति महत्त्वाकांक्षा ने उसके रणनीतिक कौशल को कुंद कर दिया और रूस से लड़ने से पूर्व उसने वहाँ के मौसम के बारे में नहीं सोचा। अंततः

नेपोलियन बोनापार्ट फ्रांस का पराक्रमी शासक और सेनापति था। एक साधारण सिपाही से अपने पराक्रम के बल पर ही वह फ्रांस का शासक बना। वह कहता था कि फ्रांस का राजमुकुट जमीन पर गिरा था। उसने तलवार की नोक पर उसे उठाया और सर पर धारण कर लिया। लेकिन शासक बनने के बाद उसके अंदर भी विश्व विजय की महत्त्वाकांक्षा जाग्रत् हो गई।

पराजित होने के बाद उसके जीवन का अंतिम समय एक निर्जन टापू पर अकेले बीता।

एडोल्फ हिटलर को कौन नहीं जानता। वह तानाशाही का मिथक पुरुष माना जाता है। तानाशाह तो मुसोलिनी भी था और भी बहुत सारे तानाशाह इस धरती से गुजरे हैं और वर्तमान समय में भी मौजूद हैं, लेकिन कोई तानाशाही पर उतरता है तो उसपर सीधे हिटलर बनने का आरोप लगाया जाता है। वह जर्मनी का एक पराक्रमी चांसलर था। वह दुनिया का सबसे क्रूर तानाशाह बना। उसे यहूदी जाति से घृणा थी। उसने लाखों यहूदियों को गैस चेंबर में डालकर मरवा डाला था। पहले विश्वयुद्ध के विक्षुब्ध राष्ट्रों को संगठित कर उसने ब्रिटिश साम्राज्य के नेतृत्व वाले मित्र राष्ट्रों के खिलाफ जंग छेड़ी और पूरी दुनिया को दूसरे विश्वयुद्ध की आग में झोंक दिया। वह पूरी दुनिया के लिए संकट बन गया। एक-एक कर वह कई देशों को जीतता चला गया, लेकिन उसके ताबूत में भी आखिरी कील साइबेरिया की बर्फीली हवाओं ने ठोकी। वह दुश्मन सेना का मुकाबला कर सकता था, लेकिन मौसम को परास्त करना उसके वश की बात नहीं थी। उसने नेपोलियन के इतिहास को पढ़ा होता तो शायद उसकी भूल को दुहराने की गलती नहीं की होती।

> ***भारत में भी एक से बढ़कर एक पराक्रमी राजा हुए हैं। लेकिन उन्होंने अति क्रूरता और मानव विरोधी कृत्यों से परहेज किया। उनके अंदर पराक्रम था, लेकिन इसके साथ न्यायप्रियता भी थी। क्रूरता थी तो उसके साथ करुणा का भाव भी था। भारत की संस्कृति शक्ति शंचय की इजाजत देती है, लेकिन उसके दुरुपयोग की नहीं। चंद्रगुप्त मौर्य, समुद्रगुप्त, विक्रमादित्य ने निरंतर युद्ध लड़े थे।***

भारत में भी एक से बढ़कर एक पराक्रमी राजा हुए हैं। लेकिन उन्होंने अति क्रूरता और मानव विरोधी कृत्यों से परहेज किया। उनके अंदर पराक्रम था, लेकिन इसके साथ न्यायप्रियता भी थी। क्रूरता थी तो उसके साथ करुणा का भाव भी था। भारत की संस्कृति शक्ति शंचय की इजाजत देती है, लेकिन उसके दुरुपयोग की नहीं। चंद्रगुप्त मौर्य, समुद्रगुप्त, विक्रमादित्य ने निरंतर युद्ध लड़े थे। लेकिन उनका मकसद विश्वविजेता बनना नहीं, बल्कि खंड-खंड भारत का एकीकरण कर अखंड भारत का निर्माण करना था। सम्राट् अशोक के पराक्रम का लोहा दुनिया मानती थी। लेकिन कलिंग युद्ध में एक लाख जवानों के शव और भीषण रक्तपात को देखने के बाद उसके अंदर करुणा का भाव जागा। उसने हिंसा का मार्ग त्याग दिया और बौद्ध धर्म को अपना लिया। बौद्ध धर्म को एशिया के विभिन्न देशों में फैलाने में सम्राट् अशोक का बड़ा योगदान था। किसी पराक्रमी शासक के हृदय परिवर्तन का ऐसा उदाहरण शायद ही दुनिया के किसी अन्य देश में मिले। भारत में पराक्रम कूट-कूटकर भरा मिलता है, लेकिन क्रूरता की पराकाष्ठा के उदाहरण नहीं के बराबर मिलते हैं। यही हमारी संस्कृति की विशेषता है।

□

Q

क्यूरोसिटी

क्यूरोसिटी का मतलब होता है जिज्ञासा यानी जानने की इच्छा, उत्सुकता। कहते हैं कि आवश्यकता ही आविष्कार की जननी है। लेकिन वास्तविक दुनिया में अभी तक जितने भी आविष्कार हुए हैं, वे सिर्फ आवश्यकता के अनुरूप नहीं हुए हैं। बहुत से आविष्कार जिज्ञासावश हुए हैं। उनमें कुछ तो अनावश्यक आविष्कार भी हुए हैं। इसमें कोई दो राय नहीं कि सुरक्षा हर व्यक्ति, समाज और देश की आवश्यकता भी है और अधिकार भी। मनुष्य ने अपनी सुरक्षा के लिए पत्थर के हथियारों से लेकर परमाणु हथियारों तक का निर्माण किया। लेकिन सुरक्षा के नाम पर पृथ्वी का सैकड़ों बार विध्वंस करने में सक्षम परमाणु हथियारों के आविष्कार को आवश्यकताजनित आविष्कार तो नहीं माना जा सकता। यह विभिन्न देशों के बीच शक्ति प्रदर्शन की होड़ में बनते चले गए हैं और पृथ्वी ग्रह के लिए ही मुसीबत बन चुके हैं। अधिकांश आविष्कार जिज्ञासा के तहत होते हैं। उनका जीवन की आवश्यकता से कोई खास संबंध होना जरूरी नहीं होता।

पेड़ से सेब गिरना कोई आश्चर्यजनक घटना नहीं है। आदम-हव्वा के जमाने से ही इस घटना को देखा जाता रहा है। लेकिन न्यूटन ने जब इस घटना को देखा तो उसके मन में सवाल उठा कि यह नीचे ही क्यों गिरा। ऊपर क्यों नहीं गया। किसी और दिशा में क्यों नहीं गया। इसे

जानने की इच्छा अर्थात् उसकी जिज्ञासा ने उसे गुरुत्वाकर्षण के नियमों के प्रतिपादन तक पहुँचाया। जिज्ञासा या उत्सुकता इनसान ही नहीं बहुत सारे जानवरों का भी जन्मजात लक्षण होता है। हर वैज्ञानिक खोज के पीछे उत्सुकता और जिज्ञासा की अहम भूमिका होती है।

मनुष्य स्वभाव के अंदर जिज्ञासा आदिकाल से ही मौजूद रही है। उसके मन में हमेशा क्या, कौन, क्यों, किसलिए, किसके लिए और कैसे आदि सवाल उठते रहे हैं। वह निरंतर इनका उत्तर खोजने में लगा रहा है। इसी प्रक्रिया ने उसे नए-नए आविष्कारों का जनक बना दिया और धरती के सर्वश्रेष्ठ जीव के रूप में प्रतिष्ठित किया। माना जाता है कि सभ्यता के विकास के एक दौर से गुजरकर कृषि युग में पहुँचने के बाद 3500 ईसापूर्व के आसपास मेसोपोटामिया में सबसे पहले पहिए का आविष्कार हुआ था। पहले मिट्टी के बरतन बनानेवाले कुम्हार गोल चाक का इस्तेमाल करते थे, फिर धीरे-धीरे बैलगाड़ियों में उपयोग के लिए पहिए बनाए गए, जिनके बीच में छेद होता था और गाड़ी में जोड़ा जा सकता था। फिर वाहनों के विकास के साथ उसका स्वरूप बदलता चला गया। कुम्हार के चाक से बैलगाड़ी के पहिए तक का आविष्कार मानव मन की जिज्ञासा का ही परिणाम था। आज साइकिल से लेकर हवाई जहाज तक के पहिए बनाए जा रहे हैं। उसमें तरह-तरह के प्रयोग किए जा रहे हैं। मनुष्य के मन में दो प्रकार की जिज्ञासाएँ

मनुष्य स्वभाव के अंदर जिज्ञासा आदिकाल से ही मौजूद रही है। उसके मन में हमेशा क्या, कौन, क्यों, किसलिए, किसके लिए और कैसे आदि सवाल उठते रहे हैं। वह निरंतर इनका उत्तर खोजने में लगा रहा है। इसी प्रक्रिया ने उसे नए-नए आविष्कारों का जनक बना दिया और धरती के सर्वश्रेष्ठ जीव के रूप में प्रतिष्ठित किया।

होती हैं। पहली जिज्ञासा भौतिक सुख-सुविधाओं के साधनों के संबंध में होती है, जो गरमी से बचने के लिए ताड़ के पंखे से एयर कंडीशनर तक के उपयोग तक पहुँचाती है। जिज्ञासा की इस किस्म से दृश्य जगत् की पेचीदगियों के प्रति समझ बढ़ती है। भौतिक ज्ञान में बढ़ोतरी होती है। जिज्ञासा ही ज्ञान का मुख्य स्रोत है। सच पूछें तो दुनिया में जितना भी ज्ञान और विज्ञान मौजूद है, वह मनुष्य की जिज्ञासा के फलस्वरूप ही हासिल हो सका है और भविष्य में भी हासिल होता रहेगा, यदि वह अपने ही विध्वंसक हथियारों की चपेट में आने से बचा रह गया तो।

मीमांसा दर्शन का आरंभ अथातो धर्म जिज्ञासा से हुआ है, जिसका अर्थ है कि हम अभ्युदय और निःश्रेयस के प्रतिपादक धर्म के मर्म को समझें। ब्रह्मसूत्र या वेदांत दर्शन का आरंभ ही अथातो ब्रह्मजिज्ञासा से हुआ है, जिसका भावार्थ यह है कि जगत् की नश्वरता के बाद अनंत, अखंड, महान् ब्रह्म को जानने की जिज्ञासा होती है।

जिज्ञासा के कारण ही मनुष्य विभिन्न प्रकार के विषयों का ज्ञान हासिल कर आदिमानव से आधुनिक मानव तक की यात्रा संपन्न कर सका है। इसी के जरिए वह धरती के समस्त जीवों पर नियंत्रण करने की क्षमता प्राप्त कर सका है। दूसरे प्रकार की जिज्ञासा आत्मतत्त्व से संबंधित है। मनुष्य की आत्मा और परमात्मा के अंतर्संबंधों के बारे में जानने की उत्कंठा ही आत्मज्ञान कहलाती है। मनुष्य को वेदों का ज्ञान सृष्टि के आरंभ में ऋषि-मुनियों ने दिया था। उन्होंने अपनी जिज्ञासा के बल पर वेदों के ज्ञान के आधार पर दर्शनों की रचना की। जिनमें ब्रह्मज्ञान और आत्मज्ञान की जिज्ञासा को कई तरह से उसे शांत करने के प्रयास किए गए। आत्मा और परमात्मा के अंतर्संबंधों की व्याख्या कर मनुष्य जाति का मार्गदर्शन किया गया है।

विज्ञान की एक शाखा भी है। इसमें सपनों की ज्योतिषीय व्याख्या की जाती है और इसमें भविष्य के संकेत तलाशे जाते हैं। कुछ सपने ऐसे होते हैं, जिनका कोई वैज्ञानिक तर्क नहीं होता। जिनका जीवन से कोई संबंध नहीं होता। एक बार एक परिचित ने स्वप्न देखा कि वह कुतुब मीनार के पास खड़ा है। वहाँ मुसलिम शासक की तरह दिखनेवाले एक रुआबदार व्यक्ति मौजूद हैं। कोई पूछता है यह कौन है तो मित्र अपने सपने में जवाब देता है कि ये कुतुबुद्दीन साहब हैं। इन्होंने ही कुतुब मीनार बनवाई है। वह इतिहास का छात्र नहीं था। कुतुब मीनार को उसने सिर्फ तसवीरों में या फिल्मों में देखा था। सपने में वहाँ पहुँचना कोई आश्चर्य की बात नहीं है, लेकिन आखिर उसे कैसे पता चला कि सामने खड़ा व्यक्ति कुतुबुद्दीन है और उसी ने कुतुब मीनार बनवाई थी। बाद में उसने इतिहास के पन्नों को पलटकर देखा तो उसे पता चला कि उसने सपने में जो कहा था वह सही था। यह कैसे संभव है, वह समझ नहीं पाया। लिहाजा सपनों की दुनिया के बारे में अभी तक कोई सटीक जानकारी नहीं हासिल हो सकी है।

दरअसल मानव-मन की जिज्ञासाओं का कोई अंत नहीं है। मानव-मन में तरह-तरह के सवाल उठते रहे हैं और उठते रहेंगे। जितने सवालों का जवाब मिलेगा, उससे ज्यादा नए-नए सवाल उत्पन्न होते रहेंगे। जब तलक यह सृष्टि रहेगी यह सिलसिला चलता ही रहेगा। सच पूछे तो शरीर की कोशिकाओं का निष्क्रिय होना मृत्यु नहीं है। जिज्ञासाओं का अंत हो जाना ही वास्तविक मृत्यु है। अध्यात्म की भाषा में इसे मोक्ष भी कह सकते हैं।

□

R

रोजगार

मौजूदा समय से भारत ही नहीं दुनिया के अधिकांश देशों के सामने रोजगार सृजन सबसे बड़ी चुनौती है। जिस रफ्तार से जनसंख्या बढ़ रही है, कुछेक देशों को छोड़ दें तो उसको सँभालने के लिए जो प्रबंधकीय कौशल चाहिए, कहीं-न-कहीं उसका अभाव नजर आता है।

भारत की बात करें तो सबसे बड़ी समस्या है कि यहाँ के लोग सरकारी नौकरी को ही रोजगार मानते हैं। वे सुरक्षित जीवन जीने की कामना करते हैं। अर्थात् हर महीने एक निर्धारित तिथि को वेतन के रूप में एक तयशुदा रकम प्राप्त हो जाए, जिससे वे अपने परिवार का भरण-पोषण कर सकें। सुख-सुविधाओं के सामान खरीद सकें और भविष्य के लिए कुछ राशि सुरक्षित भी रख सकें। उनका जीवन दृष्टिकोण इसी बिंदु पर आकर समाप्त हो जाता है। हाल के वर्षों में सरकारी नौकरियों की किल्लत होने और वैश्वीकरण के तहत बहुराष्ट्रीय कंपनियों के आगमन के बाद निजी कंपनियों की नौकरी को भी भरोसेमंद माना जाने लगा है, लेकिन उनकी भी एक सीमा है। वहाँ सिर्फ कुशल लोगों की गुंजाइश है। अकुशल और अर्धकुशल लोगों के लिए निजी कंपनियों में जगह नहीं के बराबर होती है। उनका लक्ष्य नियोजन देना नहीं, बल्कि लाभ कमाना होता है। वे कम-से-कम मानव श्रम का उपयोग करना चाहते हैं। ज्यादा काम मशीनों से निकालना चाहते हैं। विदेशी निवेश की बदौलत

बेरोजगारी की समस्या का निदान संभव नहीं है, लेकिन सरकार इस बात को गंभीरता से नहीं लेती।

केंद्र की मौजूदा सरकार ने इस मसले को समझा था, इसलिए प्रधानमंत्री कौशल विकास योजना की शुरुआत की थी। यह बहुत अच्छी योजना थी, लेकिन कतिपय कारणों से यह आंशिक रूप से ही सफल हो सकी। इसका कारण योजना की रूपरेखा में अव्यवहारिकता और क्रियान्वयन में अपरिपक्वता थी। योजनाकारों ने कौशल विकास केंद्र के लिए भवन का जो आकार और नक्शा दिया था, आमतौर पर देश में उस तरह के भवन बनते नहीं हैं। लिहाजा जो लोग केंद्र खोलना चाहते थे उन्हें वैसा भवन किराए पर मिलना मुश्किल हो रहा था। केंद्र संचालकों को 11-12 महीने तक के लिए लाइसेंस दिया जा रहा था। इसके बाद उन्हें उसका नवीकरण कराना पड़ता। एक संचालक सारा कुछ करके महीने में दो-तीन लाख कमा सकता था। यानी वर्ष में अधिकतम 33 लाख। उनके लाइसेंस का नवीकरण होगा या नहीं इसकी कोई गारंटी नहीं थी। यदि गारंटी होती तो साधन संपन्न लोग उस डिजाइन के नए भवन बनवा लेते। एक भवन बनाने में आज के समय में एक करोड़ के आसपास लग जाते। 33 लाख की कमाई के लिए एक करोड़ रुपया निवेश करना कोई बुद्धिमानी की बात नहीं थी। यही कारण है

योजनाकारों ने कौशल विकास केंद्र के लिए भवन का जो आकार और नक्शा दिया था, आमतौर पर देश में उस तरह के भवन बनते नहीं हैं। लिहाजा जो लोग केंद्र खोलना चाहते थे उन्हें वैसा भवन किराए पर मिलना मुश्किल हो रहा था। केंद्र संचालकों को 11-12 महीने तक के लिए लाइसेंस दिया जा रहा था। इसके बाद उन्हें उसका नवीकरण कराना पड़ता। एक संचालक सारा कुछ करके महीने में दो-तीन लाख कमा सकता था।

कि उतने केंद्र नहीं खुल सके जितनी दरकार थी। अधिकांश केंद्र सरकारी विभागों द्वारा ही संचालित हुए।

योजना में दूसरी कमी यह थी कि प्रशिक्षित लोगों को रोजगार या स्वरोजगार की व्यवस्था की जिम्मेदारी भी केंद्र संचालकों की थी। स्वरोजगार के लिए सरकार ने बैंकों को गारंटी का आश्वासन दिया था। आमतौर पर एक सरकार पाँच साल के लिए गठित होती है, जबकि बैंक ऋण लंबी अवधि के लिए होते हैं। सरकार का कार्यकाल समाप्त होने के बाद गारंटी का कोई अर्थ नहीं रह जाता। प्रशिक्षित लोगों को नौकरी मिलने की संभावना कम थी, क्योंकि निजी और सार्वजनिक कंपनियों में छँटनी की प्रक्रिया चल रही थी और सार्वजनिक उपक्रम तो ऑन सेल रखे गए थे। थोड़ी अव्यावहारिकता के कारण इतनी अच्छी योजना का लाभ देश को उतना नहीं मिल सका जितना अनुमानित था।

प्रधानमंत्रीजी ने एक कार्यक्रम के दौरान कहा था कि जो लोग पकौड़े बेचते हैं, वे भी तो रोजगार कमाते हैं। पकौड़े बेचना भी एक रोजगार है। इस बयान का मर्म किसी ने नहीं समझा और इसका मखौल उड़ाया जाने लगा। लोगों ने सवाल उठाया कि जब पकौड़े ही बेचने हैं तो बड़ी-बड़ी डिग्रियाँ हासिल करने की जरूरत क्या है।

प्रधानमंत्रीजी ने एक कार्यक्रम के दौरान कहा था कि जो लोग पकौड़े बेचते हैं, वे भी तो रोजगार कमाते हैं। पकौड़े बेचना भी एक रोजगार है। इस बयान का मर्म किसी ने नहीं समझा और इसका मखौल उड़ाया जाने लगा। लोगों ने सवाल उठाया कि जब पकौड़े ही बेचने हैं तो बड़ी-बड़ी डिग्रियाँ हासिल करने की जरूरत क्या है। दरअसल पकौड़ा स्वरोजगार का प्रतीक था। कहने का अर्थ यह था कि आपने जो भी पढ़ाई की, जिस भी क्षेत्र में विशेषज्ञता हासिल की उसी के अनुरूप स्वरोजगार शुरू कर

अपना जीवनयापन कर सकते हैं। स्वरोजगार में सबसे बड़ी बाधा पूँजी की होती है। इस बात को मान लेना चाहिए कि सरकार की गारंटी पर बैंक या वित्तीय संस्थान कर्ज नहीं देंगे। ऐसे में सरकार को चाहिए कि डायरेक्ट फंड ट्रांसफर की नीति में थोड़ा सा बदलाव कर बेरोजगारों को ऐसी छोटी-छोटी मशीनें मुहैया कराए जिन्हें घर पर रहकर चलाते हुए आजीविका प्राप्त की जा सके। मसलन यदि उन्हें चरखा दे दिया जाए और खादी ग्रामोद्योग अथवा हैंडलूम से सूत खरीद का करार करा दिया जाए तो वे अपने भरण-पोषण का इंतजाम कर सकते हैं। घर में इस तरह की कोई मशीन होगी तो सारे सदस्य खाली समय में उसे चलाकर परिवार की आय में योगदान दे सकते हैं। इस तरह हर परिवार को एक उत्पादक इकाई में बदला जा सकता है। स्वरोजगार उत्पन्न करने का यह एक बेहतरीन और व्यावहारिक तरीका हो सकता है। अभी जो साल में 6 हजार रुपए एकाउंट में डाले जा रहे हैं, उनसे समस्या का निदान नहीं होनेवाला।

अभी भी रोजगार का सबसे बड़ा क्षेत्र कृषि है। जिनके पास अपनी जमीन नहीं है वे भी मजदूर के रूप में, लीज पर जमीन लेकर, कृषि उपज के विपणन के क्षेत्र में रोजगार प्राप्त करते हैं। लेकिन समस्या यह है कि खेती अभी भी घाटे का सौदा बनी हुई है।

अभी भी रोजगार का सबसे बड़ा क्षेत्र कृषि है। जिनके पास अपनी जमीन नहीं है वे भी मजदूर के रूप में, लीज पर जमीन लेकर, कृषि उपज के विपणन के क्षेत्र में रोजगार प्राप्त करते हैं। लेकिन समस्या यह है कि खेती अभी भी घाटे का सौदा बनी हुई है। इसे लाभकारी बनाने की कोई ठोस योजना सरकार के पास नहीं है। यह गड़बड़ी ब्रिटिश काल से ही चली आ रही है। अंग्रेजों ने ज्यादा-से-ज्यादा लगान वसूलने के लालच में भारत की पारंपरिक खेती को नष्ट कर दिया। जैविक खाद का

अक्षय स्रोत बने मवेशियों को अपने भोजन में शामिल कर समाप्त कर दिया। पारंपरिक खेती जीरो बजट पर आधारित थी। इसलिए सरकारी लगान अदा करने के बाद जो भी बचता था, उससे वे सुखी रहते थे। आजादी के बाद हरित क्रांति के नाम पर जो रासायनिक खेती की आयातित तकनीक ली गई, उसने लागत को बहुत बढ़ा दिया। इसके कारण यह घाटे का सौदा बनती गई। आज भी सरकार खेती की लागत कम करने पर विचार नहीं करती। अनाज के खरीद मूल्य में बढ़ोतरी कर देती है। इससे महँगाई बढ़ जाती है और किसानों का भी भला नहीं हो पाता। सारा लाभ बिचौलिए समेट ले जाते हैं। लिहाजा खेती रोजगार का सबसे बड़ा आधार होने पर भी भरोसेमंद साधन नहीं बन पाती।

रोजगार की समस्या विकसित और विकासशील दोनों देशों में पाई जाती है। प्रसिद्ध अर्थशास्त्री कीन्स बेरोजगारी को किसी भी समस्या से बड़ी समस्या मानते थे। उनका कहना था था कि यदि किसी देश के पास बेरोजगारों से करवाने के लिए कोई भी काम न हो तो उनसे सिर्फ गड्ढे खुदवाकर उन्हें भरवाने चाहिए"

दूसरी बात यह कि सरकार खेती के साथ पशुपालन, पक्षीपालन, मत्स्य पालन, कुटीर उद्योग आदि के विस्तार पर ध्यान नहीं देती। सरकार का ध्यान विदेशी निवेश को आकर्षित करने की ओर रहता है। पता नहीं क्यों सरकारें महात्मा गांधी की पूँजी के विकेंद्रीकरण की नीतियों को अमल में लाने से परहेज करती हैं। गांधी ने आत्मनिर्भर गाँव की बात की थी। इसे हासिल करने के उपाय बताए थे। यदि कुटीर उद्योग लघु उद्योग के लिए कच्चा माल तैयार करें और इसी तरह लघु उद्योगों को मध्यम तथा वृहत उद्योगों की अनुषंगी इकाई बना दी जाए तो भारी संख्या में रोजगार का सृजन हो सकता है। फिर बेरोजगारी

की कोई समस्या ही नहीं रहेगी। जिस दिन स्वरोजगार को रोजगार मान लिया जाएगा, उस दिन रोजगार की कोई समस्या नहीं रहेगी।

रोजगार की समस्या विकसित और विकासशील दोनों देशों में पाई जाती है। प्रसिद्ध अर्थशास्त्री कीन्स बेरोजगारी को किसी भी समस्या से बड़ी समस्या मानते थे। उनका कहना था था कि यदि किसी देश के पास बेरोजगारों से करवाने के लिए कोई भी काम न हो तो उनसे सिर्फ गड्ढे खुदवाकर उन्हें भरवाने चाहिए, ऐसा करवाने से बेरोजगार लोग भले ही कोई उत्पादक कार्य न करें, लेकिन वे अनुत्पादक कार्यों में संलिप्त नहीं होंगे और देश में वस्तुओं और सेवाओं की माँग बनी रहेगी, जिससे देश में औद्योगिक विकास होता रहेगा।

समस्या यह है कि संसदीय लोकतंत्र की व्यवस्था में राजनीतिक सत्ता मैजिक चेयर का खेल बन चुकी है। कुरसी हासिल करने और से बचाए रखने में पूरा कार्यकाल गुजर जाता है। फिर नया जनादेश प्राप्त करना होता है। इस चक्कर में बुनियादी समस्याएँ हल नहीं हो पा रही हैं, बल्कि और जटिल होती जा रही हैं।

सरकार, समाज और राजनीतिक दलों को रोजगार के सवाल पर गंभीरता से सोच-विचार कर रास्ता निकालना चाहिए। इसे नजरअंदाज करने से समस्या और जटिल होती चली जाएगी। इससे समाज में अराजकता बढ़ेगी।

□

S

संस्कार

संस्कार मनुष्य के आचार-व्यवहार और जीवन के तौर-तरीकों को व्याख्यायित करते हैं। हमारे परिवेश में इसकी कई पाठशालाएँ होती हैं, जो बचपन से ही संस्कारित करती हैं। हालाँकि आज के उपभोक्तावादी दौर में उनमें से अधिकांश पाठशालाएँ बंद हो चुकी हैं। लेकिन इसकी प्रासंगिकता कभी खत्म नहीं हो सकती। मनुष्य की जीवन शैली, बोलचाल की भाषा, उसके अच्छे-बुरे संस्कारों को जाहिर कर ही देती है। एक बच्चे को संस्कार का पहला पाठ माता-पिता और परिवार से मिलता है। दूसरा, समाज से, अपने आसपास के परिवेश से, विद्यालय के शिक्षकों से। सनातन धर्म में भी गर्भधारण से दाह संस्कार तक मनुष्य के कुल 16 संस्कार निर्धारित किए गए हैं।

यह अलग बात है कि अधिकांश संस्कार कृषि युग में तय किए गए थे। जब संयुक्त परिवार सामाजिक संरचना की प्राथमिक इकाई हुआ करते थे। उस समय घर के बड़े-बुजुर्ग बच्चों को अच्छे संस्कार और अनुशासन की शिक्षा देते थे और माता-पिता बच्चों को उनका कहना मानने को प्रेरित करते थे। वह सामूहिकता की भावना पर आधारित सामाजिक व्यवस्था का युग था। आज के औद्योगिक युग की एकल परिवार प्रणाली में संस्कार की अधिकांश पाठशालाएँ बंद हो चुकी हैं। इस युग की कोई सामाजिक आचार संहिता बनी नहीं है। एकल परिवार

प्रणाली में घर के बड़े-बुजुर्ग या तो शामिल नहीं रहते या फिर अलग-थलग पड़े रहते हैं। माता-पिता भरण-पोषण के साधन जुटाने में इतना व्यस्त रहते हैं कि बच्चों को संस्कारित करने की उन्हें फुरसत नहीं होती। फिर भी अगर बच्चे बिगड़े नहीं, उद्दंड नहीं हुए तो यह कहीं-न-कहीं उनके डी.एन.ए. का असर होता है।

औद्योगिक युग की पाश्चात्य जीवन-शैली से प्रभावित मानव जीवन-शैली में संस्कारों का चाहे जो महत्त्व हो, लोकलाज की झीनी रेखा चाहे जितना विलीन हो चुकी हो, लेकिन मनुष्य के संस्कार फिर भी उसके समूचे जीवन को व्याख्यायित करते हैं। संस्कार हमारी जीवनी शक्ति होते हैं। उच्च संस्कार से लैस मानव ही महामानव बनता है। सद्संस्कार अभी भी उत्कृष्ट और अमूल्य संपदा है, जिसके सामने संसार की धन-दौलत का कुछ भी मोल नहीं है।

औद्योगिक युग की पाश्चात्य जीवन-शैली से प्रभावित मानव जीवन-शैली में संस्कारों का चाहे जो महत्त्व हो, लोकलाज की झीनी रेखा चाहे जितना विलीन हो चुकी हो, लेकिन मनुष्य के संस्कार फिर भी उसके समूचे जीवन को व्याख्यायित करते हैं। संस्कार हमारी जीवनी शक्ति होते हैं। उच्च संस्कार से लैस मानव ही महामानव बनता है। सद्संस्कार अभी भी उत्कृष्ट और अमूल्य संपदा है, जिसके सामने संसार की धन-दौलत का कुछ भी मोल नहीं है। मनुष्य के पास यही एक ऐसा धन है, जो उसे इज्जत के साथ जीना सिखाता है और यही सुखी परिवार का आधार है। वास्तव में बच्चे कच्ची मिट्टी के समान होते हैं। उन्हें जिस भी साँचे में ढाला जाएगा आसानी से ढल जाएँगे। माँ के उच्च संस्कार बच्चों के संस्कार निर्माण में महत्त्वपूर्ण भूमिका निभाते हैं। इसलिए आवश्यक है कि सबसे पहले परिवार संस्कारवान

बने, माता-पिता संस्कारवान बनें, तभी बच्चे संस्कारवान और चरित्रवान बनेंगे। अपने खानदान की प्रतिष्ठा को बढ़ा सकेंगे। अगर बच्चे कुमार्ग पर चले जाएँगे तो उनका जीवन अंधी सुरंगों में भटकता रह जाएगा। आज की भौतिकवादी जीवन शैली ने उपभोक्तावाद को जिस तरह से बढ़ावा दिया है, उसमें बाहरी चमक-दमक आदमी की पहचान बन गई है। इस चमक-दमक का स्रोत क्या है, न कोई पूछता है, न जानना चाहता है। कभी-कभी गलत रास्तों से आई समृद्धि कानूनी शिकंजे में ले जाती है और पारिवारिक बिखराव का बड़ा कारण बन जाती है।

गर्भसंस्कार से अंत्येष्टि तक किए जानेवाले संस्कार हजारों सालों से भारतीय जीवन का महत्त्वपूर्ण अंग बन चुके हैं। संस्कारों की रीति, तरीके और मुख्यत: उनका शास्त्रीय तथा वैज्ञानिक उद्‍देश्य आनेवाली पीढ़ी जानें, इसके लिए हर स्तर पर प्रयास होने चाहिए।

भारत को आज ऐसी सांस्कृतिक क्रांति की जरूरत है, जो इनसान को पाश्चात्य अपसंस्कृति से निकालकर भारतीय जीवन-मूल्यों से संस्कारित कर दे। सही शिक्षा और सही संस्कारों के निर्माण के द्वारा ही असली स्वतंत्रता हासिल की जा सकती है। यदि हमारी सोच नकारात्मक होगी तो मस्तिष्क में नकारात्मक विचार ही उत्पन्न होंगे। हमारी सोच सकारात्मक होगी तो हमारे व्यक्तित्व का निर्माण सकारात्मक होगा। हम पर नकारात्मक प्रवृत्तियाँ हावी नहीं हो सकेंगी।

गर्भसंस्कार से अंत्येष्टि तक किए जानेवाले संस्कार हजारों सालों से भारतीय जीवन का महत्त्वपूर्ण अंग बन चुके हैं। संस्कारों की रीति, तरीके और मुख्यत: उनका शास्त्रीय तथा वैज्ञानिक उद्‍देश्य आनेवाली पीढ़ी जानें, इसके लिए हर स्तर पर प्रयास होने चाहिए।

घर-परिवार से लेकर शिक्षण संस्थान तक लगातार दिए जानेवाले

संस्कार लोगों के मन में घर कर जाते हैं और व्यक्तित्व का एक अंग बन जाते हैं। संस्कारों की ये परंपरा युगों-युगों से चली आ रही है।

गर्भसंस्कार से लेकर अंत्येष्टि तक के संस्कार हजारों सालों से हमारे नित्य कर्म का एक महत्त्वपूर्ण अंग बन चुके हैं। इनमें जो घटक और वस्तुएँ इस्तेमाल होती हैं, उन्हें हमारे पूर्वजों ने पूरी शास्त्रीयता और सूक्ष्मता के साथ विचार कर प्रतिपादित किया है। पूजा-विधि, मंत्रोच्चार, शंख ध्वनि, नारियल चढ़ाना और इन विधियों के समय अग्नि को साक्षी रखना जैसी सारी चीजें शास्त्रीय विचारधारा के अंतर्गत हमें संस्कारित करती हैं। गर्भाधान विधि और बच्चे के पहले अन्नप्राशन के बाद बच्चा सारे संस्कार अपने आंकलन और ग्रहण क्षमता के अनुसार निजी जीवन में इस्तेमाल करता है। इन संस्कारों की गतिविधियाँ सूक्ष्मता से स्थूलता की तरफ आत्मा, बुद्धि, मन और अंतिम शरीर की दिशा में जाती हैं।

गर्भसंस्कार से लेकर अंत्येष्टि तक के संस्कार हजारों सालों से हमारे नित्य कर्म का एक महत्त्वपूर्ण अंग बन चुके हैं। इनमें जो घटक और वस्तुएँ इस्तेमाल होती हैं, उन्हें हमारे पूर्वजों ने पूरी शास्त्रीयता और सूक्ष्मता के साथ विचार कर प्रतिपादित किया है। पूजा-विधि, मंत्रोच्चार, शंख ध्वनि, नारियल चढ़ाना और इन विधियों के समय अग्नि को साक्षी रखना जैसी सारी चीजें शास्त्रीय विचारधारा के अंतर्गत हमें संस्कारित करती हैं।

संस्कारों की विविध परंपराएँ पंथ और देश के हिसाब से अलग-अलग हो सकती हैं। लेकिन पहला संस्कार गर्भाधान और अंतिम संस्कार हर धर्म, हर पंथ हर समाज में मौजूद है।

गर्भाधान का संस्कार पति द्वारा अपनी पत्नी पर किया जाता है,

इसमें गर्भ सारे रोगों से मुक्त होकर भौतिक, आध्यात्मिक और दैवीय शक्ति से जुड़ जाता है। दोषमुक्त होकर गर्भ निरोगी रहता है। दूसरा संस्कार अवनवलोभनगर्भ को स्थिरता प्राप्त करवाने के लिए किया जाता है। बच्चे के जन्म के बाद जातकर्म का संस्कार किया जाता है। कर्णवेध संस्कार हिंदू धर्म की पहचान है। इस संस्कार का उद्‌देश्य रोग-बीज नष्ट करना और स्मरण-शक्ति बढ़ाना होता है।

बच्चा जब थोड़ा बड़ा होता है। दूध के अतिरिक्त अनाज ग्रहण कर उसे पचाने की शक्ति आ जाती है तो अन्नप्राशन संस्कार का आयोजन किया जाता है। प्राय: आठ महीने का होने के बाद यह संस्कार किया जाता है। इसके तहत घर के बुजुर्ग सदस्य खीर खिलाकर उसे अन्न से परिचित कराते हैं।

किसी भी बच्चे की पहचान उसके नाम से होती है। इसलिए नामकरण संस्कार का आयोजन किया जाता है। उसके तहत चार तरह के नाम रखे जाते हैं। लेकिन मुख्य नाम वह होता है, जो शिक्षण संस्थानों में दर्ज कराया जाता है।

बच्चा जब थोड़ा बड़ा होता है। दूध के अतिरिक्त अनाज ग्रहण कर उसे पचाने की शक्ति आ जाती है तो अन्नप्राशन संस्कार का आयोजन किया जाता है। प्राय: आठ महीने का होने के बाद यह संस्कार किया जाता है। इसके तहत घर के बुजुर्ग सदस्य खीर खिलाकर उसे अन्न से परिचित कराते हैं।

तीन साल की उम्र होने पर बच्चों का मुंडन संस्कार किया जाता है। इसका कारण यह होता है कि गर्भ में पल रहे बच्चे के केश चर्बी से युक्त होते हैं, जो स्वास्थ्य के लिए हानिकारक होते हैं। ऐसे बालों में कीट जल्दी होते हैं। इसलिए इन्हें सर से हटा दिया जाता है। कुछ इलाकों में इसे बड़े धूमधाम से संपन्न किया जाता है।

किशोरावस्था में पहुँचने पर बच्चों का उपनयन संस्कार किया जाता है। इस संस्कार को उसके जीवन का महत्त्वपूर्ण चरण माना जाता है। बौद्धिक क्षमता बढ़ाने के लिए इस संस्कार को आवश्यक माना है। इस आयु में बच्चे के बिगड़ने की संभावना अधिक होती है। इसलिए उपनयन संस्कार के जरिए उसे नियमों के बंधन में बाँध दिया जाता है।

गृहस्थ जीवन की शुरुआत विवाह संस्कार से होती है। इसके जरिए स्त्री-पुरुष के संबंधों को एक पवित्र रिश्ते में बाँध दिया जाता है। जीवन यात्रा के समाप्त होने पर आत्मा की शांति के लिए जो अंतिम संस्कार किए जाते हैं, उन्हें अंत्येष्टि संस्कार कहते हैं। यह अलग-अलग पंथों में अलग-अलग तरह से संपन्न किया जाता है। किसी समाज में शव को अग्नि के हवाले किया जाता है, किसी समाज में मिट्टी के नीचे दफना दिया जाता है। कुछ समाज शव को ऊँचे मीनार पर रख देते हैं, ताकि कुछ जीवों के भोजन के काम आ जाए।

किशोरावस्था में पहुँचने पर बच्चों का उपनयन संस्कार किया जाता है। इस संस्कार को उसके जीवन का महत्त्वपूर्ण चरण माना जाता है। बौद्धिक क्षमता बढ़ाने के लिए इस संस्कार को आवश्यक माना है। इस आयु में बच्चे के बिगड़ने की संभावना अधिक होती है। इसलिए उपनयन संस्कार के जरिए उसे नियमों के बंधन में बाँध दिया जाता है।

लेकिन आज की बदली हुई जीवन-शैली में इन संस्कारों को लोग भूलते जा रहे हैं या मनचाहे तरीके से इनमें बदलाव ला देते हैं। हमारे रीति-रिवाजों की सही जानकारी रखनेवाली पीढ़ी धीरे-धीरे समाप्त होती जा रही है।

भारतवर्ष के हजारों साल पुराने ये संस्कार आज पाश्चात्य देशों के लिए आश्चर्य का विषय बन गए हैं। सामाजिक विकास की धारा में ये

विलुप्त होते जा रहे हैं। संभव है आनेवाले समय में ये इतिहास के पन्नों में सिमटकर रह जाएँ। निश्चित रूप से समय-काल—परिस्थिति के अनुरूप सामाजिक संस्कारों में संशोधन और परिवर्तन की जरूरत पड़ती है। इनका स्वरूप बदलना पड़ सकता है। लेकिन इनकी प्रासंगिकता कभी खत्म नहीं होगी। मानव जीवन को अनुशासित और व्यवस्थित रखने के लिए इनकी आवश्यकता हर काल में बनी रहेगी। इसमें कोई संदेह नहीं है।

□

T

तनाव

मौजूदा समय में ऐसा व्यक्ति चिराग जलाकर ढूँढ़ने पर भी नहीं मिलेगा, जो किसी-न-किसी तनाव से ग्रस्त नहीं हो। इसके बिना जीवन की कल्पना ही नहीं की जा सकती है। तनाव यदि एक सीमा तक हो तो वह सामान्य व्यक्तित्व के विकास में सहायक होता है। जिम्मेदारी और जागरूकता के स्तर को बढ़ाता है। यहाँ तक कि रचनाशीलता के लिए भी थोड़ा तनाव जरूरी होता है। लेकिन यदि यह जरूरत से ज्यादा बढ़कर अवसाद का रूप ले ले तो या मानसिक बीमारी बन जाए तो गंभीर चिंता का विषय बन जाता है। ऐसे में मनोचिकित्सा की आवश्यकता पड़ जाती है। नकारात्मक या तनावपूर्ण जीवन की घटनाओं से कई प्रकार के मानसिक व्यवधान पैदा होते हैं, जिनमें मूड तथा चिंता से जुड़े व्यवधान शामिल हैं। यौन शोषण, शारीरिक दुर्व्यवहार, भावनात्मक दुर्व्यवहार, घरेलू हिंसा, तथा डराने-धमकाने समेत बचपन और वयस्क उम्र में हुए दुर्व्यवहार को मानसिक व्यवधान के कारण माने जाते हैं, जो एक जटिल, सामाजिक, पारिवारिक, मनोवैज्ञानिक तथा जैव वैज्ञानिक कारकों के जरिए पैदा होते हैं। मुख्य खतरा ऐसे अनुभवों के लंबे समय तक बरकरार रहने से पैदा होता है। हालाँकि कभी-कभी किसी एक बड़े आघात से भी मनोविकृति उत्पन्न हो जाती है। ऐसे अनुभवों के प्रति लचीलेपन में अंतर देखा जाता है और व्यक्ति पर किन्हीं अनुभवों के प्रति कोई असर नहीं

पड़ता, पर कुछ अनुभव उनके लिए संवेदनशील साबित होते हैं।

तनाव को किसी ऐसे शारीरिक, रासायनिक या भावनात्मक कारक के रूप में समझा जा सकता है, जो शारीरिक तथा मानसिक बेचैनी उत्पन्न करे और वह रोग निर्माण का एक कारक बन सकता है। ऐसे शारीरिक या रासायनिक कारक जो तनाव पैदा कर सकते हैं, उनमें—सदमा, संक्रमण, विष, बीमारी तथा किसी प्रकार की चोट शामिल होते हैं। तनाव के भावनात्मक कारक तथा दबाव कई सारे हैं और अलग-अलग प्रकार के होते हैं। कुछ लोग जहाँ स्ट्रेस को मनोवैज्ञानिक तनाव से जोड़कर देखते हैं तो वहीं वैज्ञानिक और डॉक्टर इसको ऐसे कारक के रूप में दरशाने में इस्तेमाल करते हैं, जो शारीरिक कार्यों की स्थिरता तथा संतुलन में व्यवधान पैदा करता है। जब लोग अपने आस-पास होनेवाली किसी चीज से तनाव ग्रस्त महसूस करते हैं तो उनके शरीर के रक्त में कुछ रसायन छोड़कर अपनी प्रतिक्रिया देते हैं। ये रसायन लोगों को अधिक ऊर्जा तथा मजबूती प्रदान करते हैं।

तनाव को किसी ऐसे शारीरिक, रासायनिक या भावनात्मक कारक के रूप में समझा जा सकता है, जो शारीरिक तथा मानसिक बेचैनी उत्पन्न करे और वह रोग निर्माण का एक कारक बन सकता है। ऐसे शारीरिक या रासायनिक कारक जो तनाव पैदा कर सकते हैं, उनमें—सदमा, संक्रमण, विष, बीमारी तथा किसी प्रकार की चोट शामिल होते हैं।

हलकी मात्रा में दबाव तथा तनाव कभी-कभी फायदेमंद होते हैं। उदाहरण के लिए कोई प्रोजेक्ट या असाइनमेंट पूरा करते समय हलका दबाव महसूस करने से हम प्राय: अपना काम अच्छी तरह से पूरा कर पाते हैं और काम करते समय हमारा उत्साह भी बना रहता है।

तनाव दो प्रकार के होते हैं—सकारात्मक तनाव तथा नकारात्मक तनाव। सामान्य अर्थों में चुनौतीपूर्ण कार्यभार का तनाव सकारात्मक होता है, जो मनुष्य की क्षमताओं में इजाफा करता है। लेकिन जब तनाव अधिक या अनियंत्रित हो जाता है तो नकारात्मक प्रभाव दिखाता है।

जब किसी व्यक्ति को इस बात का भय हो कि कोई व्यक्ति या कोई चीज उसे शारीरिक रूप से चोट पहुँचा सकती है, तब उसका शरीर स्वाभाविक रूप से ऊर्जा के अतिरेक के साथ प्रतिक्रिया प्रदर्शित करता है, ताकि वह उस खतरनाक परिस्थिति में बेहतर ढंग से जीने में सक्षम हो जाए या पूरी तरह से उससे पलायन ही कर जाए। यह जीवन बचाने का तनाव है।

आंतरिक तनाव वह तनाव है, जहाँ लोग स्वयं को ही तनावग्रस्त बना डालते हैं। प्राय: जब हम ऐसी चीजों के प्रति डर जाते हैं, जिनपर हमारा नियंत्रण न हो या हम स्वयं को तनाव पैदा करनेवाली परिस्थिति में डाल दें तो प्राय: आंतरिक तनाव उत्पन्न होता है। कुछ लोग भाग-दौड़, तनावग्रस्त जीवन पद्धति के आदी हो जाते हैं, जो दबाव में जीने की वजह से पैदा होता है। तनाव की गैरमौजूदगी उनके लिए तनाव का कारण बन जाती है।

हलकी मात्रा में दबाव तथा तनाव कभी-कभी फायदेमंद होते हैं। उदाहरण के लिए कोई प्रोजेक्ट या असाइनमेंट पूरा करते समय हलका दबाव मसहूस करने से हम प्राय: अपना काम अच्छी तरह से पूरा कर पाते हैं और काम करते समय हमारा उत्साह भी बना रहता है। तनाव दो प्रकार के होते हैं—सकारात्मक तनाव तथा नकारात्मक तनाव।

एक पर्यावरणजनित तनाव भी होता है, जो शोर-शराबा, भीड़-भाड़, कार्यभार या पारिवारिक दबाव से उत्पन्न होता है। इन दबावों की पहचान कर लें और उनसे बचने के प्रति सतर्क रहें तो इस तनाव को कम

किया जा सकता है। शरीर कमजोर हो और कार्यभार अधिक हो तो धीरे-धीरे यह तनाव को बढ़ाता है। इसका शरीर पर गंभीर असर पड़ सकता है। यदि व्यक्ति समय का नियोजन नहीं कर पाता है या सुस्ताने के लिए समय नहीं निकाल पाता है तो यह एक प्रकार का कठिन तनाव उत्पन्न होता है, जो इस समय के अंतराल में नियंत्रण से बाहर हो जाता है।

तनाव के प्रति किसी व्यक्ति की संवेदनशीलता को किसी एक या इन सभी कारकों द्वारा प्रभावित किया जा सकता है। इसका अर्थ है कि हर व्यक्ति की तनाव के कारकों के प्रति सहनशीलता अलग-अलग होती है और ये कारक उनके लिए निश्चित नहीं रहते, अतः समय के साथ हरेक व्यक्ति की तनाव के प्रति सहनशीलता बदलती रहती है।

मानसिक तनाव छोटी अवधि का भी हो सकता है और लंबी अवधि का भी। छोटी अवधि का तनाव तुरंत पैदा होनेवाले खतरे के प्रति प्रतिक्रियास्वरूप उत्पन्न होता है। यह तब होता है, जब मस्तिष्क का प्रारंभिक हिस्सा और मस्तिष्क के अंदर के कुछ रसायन संभावित हानिकारक दबाव कारक या चेतावनी के प्रति अपनी प्रतिक्रिया प्रदर्शित करते हैं। वहीं लंबी अवधि के तनाव का कारक ऐसे दबाव होते हैं, जो लड़ाई करने की चाहत दब जाने के बाद चालू रहते हैं और आगे भी जारी रहते हैं। क्रॉनिक तनाव कारकों में शामिल होते हैं। वर्तमान में जारी दबावपूर्ण कार्य, वर्तमान में जारी संबंधों से जुड़ी समस्या, अलगाव तथा निरंतर वित्तीय चिंताएँ।

तनाव के प्रति किसी व्यक्ति की संवेदनशीलता को किसी एक या इन सभी कारकों द्वारा प्रभावित किया जा सकता है। इसका अर्थ है कि हर व्यक्ति की तनाव के कारकों के प्रति सहनशीलता अलग-अलग होती

है और ये कारक उनके लिए निश्चित नहीं रहते, अतः समय के साथ हरेक व्यक्ति की तनाव के प्रति सहनशीलता बदलती रहती है। यह देखा गया है कि व्यवहारगत तनाव के काफी खतरनाक प्रभाव होते हैं और इससे अभिव्यक्ति तथा सामाजिक संबंध प्रभावित होते हैं।

कुछ प्रकार के क्रॉनिक तथा अधिक आंतरिक तनाव अकेलेपन, गरीबी, वियोग, भेदभाव के कारण पैदा होनेवाले अवसाद व हताशा से उपजते हैं, जिससे विषाणु के आक्रमण से लड़ने की शरीर की क्षमता कम हो जाती है और जुकाम, हर्पीस व कैंसर जैसी बीमारियाँ पैदा हो जाती हैं।

तनाव का नियंत्रण उसकी उत्पत्ति के कारणों की पहचान करने से हो सकता है। लेकिन यह आसान नहीं होता।

तनाव के वास्तविक स्रोतों की पहचान करने के लिए अपने नजरिए, आदत और आप बचने के लिए जो बहाने बनाते हैं, उनपर गौर करने की जरूरत होती है। जबतक व्यक्ति अपने तनाव के निर्माण या उसे बनाए रखने में अपनी भूमिका को स्वीकार नहीं कर लेता तबतक तनाव पर नियंत्रण पाना संभव नहीं होता।

तनाव के वास्तविक स्रोतों की पहचान करने के लिए अपने नजरिए, आदत और आप बचने के लिए जो बहाने बनाते हैं, उनपर गौर करने की जरूरत होती है। जबतक व्यक्ति अपने तनाव के निर्माण या उसे बनाए रखने में अपनी भूमिका को स्वीकार नहीं कर लेता तबतक तनाव पर नियंत्रण पाना संभव नहीं होता।

तनाव के कुछ स्रोत अनिवार्य होते हैं। जिन्हें न बदला जा सकता है, न टाला जा सकता है। मसलन किसी परिजन की मृत्यु, कोई गंभीर बीमारी, कोई राष्ट्रीय मंदी। ऐसी स्थिति में उपजे तनाव से उबरने का सबसे अच्छा तरीका है चीजों को उसी रूप में स्वीकार कर लेना जिस

रूप में वे होती हैं। हालाँकि यह कठिन होता है।

तनाव से मुक्ति का सर्वश्रेष्ठ तरीका मेडिटेशन है। लेकिन यह एक तकनीकी विषय है। इसे किसी जानकार योगगुरु की देखरेख में ही करना चाहिए। आज पाश्चात्य जीवन शैली में तनाव के मामले अपनी पराकाष्ठा पर हैं। वहाँ के लोग भी भारतीय ध्यानयोग की पद्धति अपना रहे हैं और इससे लाभान्वित हो रहे हैं। वर्तमान जटिलताओं से भरे जीवन में अपनी व्यस्तताओं के बीच अगर इसके लिए थोड़ा समय निकाल लें तो जीवन काफी हद तक तनावरहित और आनंदमय हो सकता है।

□

U

उत्साह

जीवन में रस न हो, उमंग न हो, उत्साह न हो तो जीने का कोई मतलब ही नहीं है। उत्साह के लिए आवश्यक है जीवन का कुछ उद्‌देश्य होना। उद्‌देश्यविहीन जीवन पशु के समान होता है। जीवन का उद्‌देश्य और लक्ष्य हमेशा सुरुचिपूर्ण और रचनात्मक होना चाहिए, ताकि हम उसे हासिल करने में उत्साह का अनुभव करें। लेकिन इस प्रयास में अति उत्साह से बचना चाहिए। अति उत्साह मानव मस्तिष्क के संतुलन को उतना ही बिगाड़ देता है, जितना उसके मन की उत्साहहीनता।

इसमें कोई संदेह नहीं कि विश्व में अभी तक जितने भी महान् और महत्त्वपूर्ण कार्य हुए हैं, वे उत्साह की बदौलत ही हुए हैं। उत्साह एक ऐसा भाव है, जो कभी उम्र और शारीरिक बल का मोहताज नहीं होता। यह बचपन से बुढ़ापे तक हर उम्र में बना रह सकता है। कई बार बुजुर्ग लोग ऐसा कारनामा कर जाते हैं, जो युवा वर्ग के लोगों के लिए भी मुश्किल होता है। देखा गया है कि नौकरीपेशा लोग जब सेवानिवृत्त हो जाते हैं तो अपने को कमजोर और अर्थहीन समझने लगते हैं। उन्हें बुढ़ापे और कमजोरी का अहसास होने लगता है। उन्हें लगता है कि उनके जीवन का कोई उद्‌देश्य शेष नहीं रहा और वे कुछ ही समय में बिस्तर पकड़ लेते हैं। लेकिन कुछ ऐसे भी लोग होते हैं, जो सेवानिवृत्ति की उम्र पार करने के बाद भी एवरेस्ट विजय का हौसला रखते हैं। उनका जीवन

लक्ष्यविहीन नहीं होता। वे समाज का मार्गदर्शन करते हैं। ऐसे लोग बढ़ती उम्र में भी जीवन के प्रति अपने उत्साह को कम नहीं होने देते। हमेशा प्रसन्नचित रहते हैं और असंभव कार्य को भी सरलता व सहजता से करते हैं। कुछ नया करने का उत्साह हो तो कार्य करने की ऊर्जा स्वत: ही मिलने लगती है।

महर्षि वाल्मीकि का कहना था कि दुनिया में उत्साह से बढ़कर कोई दूसरा बल नहीं है और उत्साही मनुष्य के लिए संसार की कोई भी वस्तु दुर्लभ नहीं है। एक व्यक्ति चाहे तो उमंग और उत्साह की बदौलत अपनी पूरी जिंदगी काट सकता है। वहीं उत्साहविहीन लोगों को जिंदगी ही काटने लगती है। उमंग और उल्लास जीवन को सकारात्मक बनाते हैं।

महर्षि वाल्मीकि का कहना था कि दुनिया में उत्साह से बढ़कर कोई दूसरा बल नहीं है और उत्साही मनुष्य के लिए संसार की कोई भी वस्तु दुर्लभ नहीं है। एक व्यक्ति चाहे तो उमंग और उत्साह की बदौलत अपनी पूरी जिंदगी काट सकता है। वहीं उत्साहविहीन लोगों को जिंदगी ही काटने लगती है। उमंग और उल्लास जीवन को सकारात्मक बनाते हैं। वहीं दु:खी और निराश लोगों के विचारों पर नकारात्मकता हावी हो जाती है, उनके लिए सफलता के तमाम रास्ते बंद हो जाते हैं। उन्हें अपना जीवन बोझ लगने लगता है। जीवन के रास्ते कभी मुश्किल नहीं होते। हमारी अपनी सोच उन्हें मुश्किल या आसान बनाती है। अगर मनुष्य जीवन की तमाम कठिनाइयों का अपने बुलंद हौसलों से मुकाबला करने की ठान ले तो बुरे-से-बुरा समय हँसते-खेलते कट जाता है। महात्मा गांधी कहते थे कि जब कर्तव्य का संघर्ष हो तब तुम्हारे भीतर बोलनेवाली शांत-सूक्ष्म ध्वनि ही सदैव अंतिम निर्णायक होनी चाहिए।

दु:ख के शब्दकोश में जो स्थान भय का है, वही सुख और आनंद के शब्दकोश में उत्साह का है। भय और आशंका हमारी संघर्षशीलता को कुंद कर पलायन की मानसिकता की ओर ले जाती है। वहीं उत्साह कठिन स्थितियों से लड़ने के साहस का संचार करता है। उत्साह में कष्ट या हानि सहने की दृढ़ता के साथ-साथ कर्म में प्रवृत्त होने का आनंद भी शामिल रहता है। साहसपूर्ण आनंद की उमंग का नाम उत्साह है। कर्म के सौंदर्य के उपासक ही सच्चे उत्साही कहलाते हैं।

दु:ख के शब्दकोश में जो स्थान भय का है, वही सुख और आनंद के शब्दकोश में उत्साह का है। भय और आशंका हमारी संघर्षशीलता को कुंद कर पलायन की मानसिकता की ओर ले जाती है। वहीं उत्साह कठिन स्थितियों से लड़ने के साहस का संचार करता है। उत्साह में कष्ट या हानि सहने की दृढ़ता के साथ-साथ कर्म में प्रवृत्त होने का आनंद भी शामिल रहता है। साहसपूर्ण आनंद की उमंग का नाम उत्साह है।

किसी शुभ परिणाम की चाहत में निंदा, अपकीर्ति आदि से बेपरवाह होकर प्रचलित प्रथाओं का उल्लंघन करनेवाले को वीर या उत्साही कहते हैं। यह एक मान्य परिभाषा है। लेकिन बहुत से लोग केवल इस विरोध के लोभ में ही अपनी उछल-कूद दिखाया करते हैं। वे केवल उत्साही या साहसी कहे जाने के लिए ही सामाजिक प्रथाओं को तोड़ने की पहल करते हैं। शुभ या अशुभ परिणाम से उन्हें कोई मतलब नहीं होता। वे परिणाम की चिंता भी नहीं करते। उन्हें सिर्फ लोगों का ध्यान आकृष्ट कराने और वाहवाही लूटने से मतलब होता है। इसके लिए वे निंदा या अपमान की कुछ परवाह नहीं करते। ये ओछी किस्म की मानसिकता वाले लोग होते हैं। इनकी अपेक्षा तुलनात्मक दृष्टि से उन लोगों का उत्साह या साहस

अधिक मूल्यवान हो जाता है, जो किसी प्राचीन प्रथा के बचाव में खड़े हो जाते हैं और उसे तोड़ने के प्रयासों का विरोध करते हैं।

समाज सुधार आंदोलनों के बीच जिस तरह सच्ची अनुभूति से प्रेरित उच्च विचार के गंभीर पुरुष पाए जाते हैं, उसी प्रकार कुछ मनोवृत्तियों द्वारा प्रेरित साहसी और दयावान् भी मिलते हैं। उत्साह की गिनती अच्छे गुणों में होती है। किसी भाव के अच्छे या बुरे होने का निश्चय अधिकतर उसकी प्रवृत्ति के शुभ या अशुभ परिणाम के विचार से होता है। वही उत्साह जो सुकर्मों की सरजमीन पर सुंदर दिखाई पड़ता है, अनावश्यक कर्मों की ओर प्रवृत्त होने पर कुरूप दिखाई देने लगता है। आत्मरक्षा, पररक्षा, देशरक्षा आदि के निमित्त साहस की जो उमंग दिखाई देती है, उसके सौंदर्य को परपीड़न, डकैती आदि कर्मों का साहस कभी नहीं हासिल कर सकता। इसके बावजूद सुकर्मों की ओर प्रेरित विशुद्ध उत्साह या साहस की आज के समाज में उतनी प्रशंसा नहीं होती जितनी उत्साहपूर्वक किए गए समाजविरोधी कार्यों की। लोग साधु-संतों की कथा में उतनी दिलचस्पी नहीं रखते, जितनी गुंडों, मवालियों, चोरों, डाकुओं के शौर्य और साहस की कथाओं में रखते हैं।

उत्साह जो सुकर्मों की सरजमीन पर सुंदर दिखाई पड़ता है, अनावश्यक कर्मों की ओर प्रवृत्त होने पर कुरूप दिखाई देने लगता है। आत्मरक्षा, पररक्षा, देशरक्षा आदि के निमित्त साहस की जो उमंग दिखाई देती है, उसके सौंदर्य को परपीड़न, डकैती आदि कर्मों का साहस कभी नहीं हासिल कर सकता।

लेकिन उत्साह के साथ साहस का योग हर कार्य में आवश्यक नहीं होता। कर्म के संपादन में जो आनंद होता है, उसे भी उत्साह ही कहा जाता है। सफलता के लिए थोड़े त्याग की आवश्यकता जरूर होती है, लेकिन

सब कार्यों में साहस की जरूरत नहीं होती। जब तक आनंद का लगाव किसी क्रिया, व्यापार या उसकी भावना के साथ नहीं दिखाई पड़ता, तब तक उसे उत्साह की संज्ञा प्राप्त नहीं होती। यदि किसी प्रिय मित्र के आने का समाचार पाकर हम चुपचाप ज्यों-के-ज्यों आनंदित होकर बैठे रह जाएँ तो यह हमारा उत्साह नहीं कहा जाएगा। हमारा उत्साह तभी कहा जाएगा जब हम अपने मित्र के आगमन की खबर सुनते ही उठ खड़े होंगे। उससे मिलने के लिए दौड़ पड़ेंगे और उसके ठहरने आदि के प्रबंध में प्रसन्नचित्त होकर इधर-उधर आते-जाते दिखाई देंगे। प्रयत्न और कर्म संकल्प उत्साह नामक आनंद के नित्य लक्षण हैं।

प्रत्येक कर्म में थोड़ा-बहुत बुद्धि का योग भी रहता है। कुछ कर्मों में तो बुद्धि की तत्परता और शरीर की तत्परता दोनों बराबर साथ-साथ चलती है। उत्साह की उमंग जिस प्रकार हाथ पैर चलवाती है, उसी प्रकार बुद्धि से भी काम कराती है। देखनेवाली बात यह है कि उत्साह की अभिव्यक्ति बुद्धि व्यापार के अवसर पर होती है अथवा बुद्धि द्वारा निश्चित उद्योग में तत्पर होने की दशा में।

प्रत्येक कर्म में थोड़ा-बहुत बुद्धि का योग भी रहता है। कुछ कर्मों में तो बुद्धि की तत्परता और शरीर की तत्परता दोनों बराबर साथ-साथ चलती है। उत्साह की उमंग जिस प्रकार हाथ पैर चलवाती है, उसी प्रकार बुद्धि से भी काम कराती है। देखनेवाली बात यह है कि उत्साह की अभिव्यक्ति बुद्धि व्यापार के अवसर पर होती है अथवा बुद्धि द्वारा निश्चित उद्योग में तत्पर होने की दशा में।

फल की कामना से उत्पन्न आनंद भी साधक को कर्मों की ओर हर्ष और तत्परता के साथ प्रवृत्त करता है। पर फल का लोभ जहाँ प्रधान रहता है, वहाँ कर्म विषयक आनंद उसी फल की भावना की तीव्रता

और मंदता पर अवलंबित रहता है। उद्योग के प्रभाव के बीच जब-जब फल की भावना मंद पड़ती है—उसकी आशा कुछ धुँधली पड़ जाती है, तब-तब आनंद की उमंग गिर जाती है और उसी के साथ उद्योग में भी शिथिलता आ जाती है। पर कर्म भावना प्रधान उत्साह बराबर एकरस रहता है। फलासक्त उत्साही असफल होने पर खिन्न और दु:खी होता है, पर कर्मासक्त उत्साही केवल कर्मानुष्ठान के पूर्व की अवस्था में उत्साहित हो जाता है। अत: कहा जा सकता है कि कर्म भावना प्रधान उत्साह ही सच्चा उत्साह है। फल भावना प्रधान उत्साह तो लोभ ही का एक प्रच्छन्न रूप है।

जब तक फल तक पहुँचनेवाला कर्म पथ अच्छा न लगेगा, तब तक केवल फल का अच्छा लगना कुछ नहीं। फल की इच्छा मात्र हृदय में रखकर जो प्रयत्न किया जाएगा, वह अभावमय और आनंदशून्य होने के कारण निर्जीव-सा होगा। यदि हम किसी ऐसे उद्योग में लगे हैं, जिससे आगे चलकर हमें बहुत लाभ या सुख की आशा है तो हम उस उद्योग को तो उत्साह के साथ करते ही हैं, अन्य कार्यों में भी प्राय: अपना उत्साह दिखा देते हैं।

उत्साह वास्तव में कर्म और फल की मिली-जुली अनुभूति है, जिसकी प्रेरणा से तत्परता आती है। यदि फल दूर ही दिखाई पड़े, उसकी भावना के साथ ही उसका लेशमात्र भी कर्म या प्रयत्न के साथ लगाव न मालूम हो तो हमारे हाथ-पाँव कभी न उठें और उस फल के साथ हमारा संयोग ही न हो। इससे कर्म श्रृंखला की पहली कड़ी पकड़ते ही फल के आनंद की भी कुछ अनुभूति होने लगती है। यदि हमें यह निश्चय हो जाए कि अमुक स्थान पर जाने से हमें किसी प्रिय व्यक्ति का दर्शन होगा तो उस निश्चय के प्रभाव से हमारी यात्रा भी अत्यंत प्रिय हो जाएगी। हम चल पड़ेंगे और हमारे अंगों की

प्रत्येक गति में प्रफुल्लता दिखाई देगी। यही प्रफुल्लता कठिन-से-कठिन कर्मों के साधन में भी देखी जाती है। वे कर्म भी प्रिय हो जाते हैं और अच्छे लगने लगते हैं। जब तक फल तक पहुँचनेवाला कर्म पथ अच्छा न लगेगा, तब तक केवल फल का अच्छा लगना कुछ नहीं। फल की इच्छा मात्र हृदय में रखकर जो प्रयत्न किया जाएगा, वह अभावमय और आनंदशून्य होने के कारण निर्जीव-सा होगा। यदि हम किसी ऐसे उद्योग में लगे हैं, जिससे आगे चलकर हमें बहुत लाभ या सुख की आशा है तो हम उस उद्योग को तो उत्साह के साथ करते ही हैं, अन्य कार्यों में भी प्रायः अपना उत्साह दिखा देते हैं।

यह बात उत्साह में नहीं, अन्य मनोविकारों में भी बराबर पाई जाती है। यदि हम किसी बात पर क्रोधित होकर बैठे हैं और इसी बीच में कोई दूसरा आकर हमसे कोई बात सीधी तरह भी पूछता है तो भी हम उसपर झुँझला उठते हैं। इस झुँझलाहट का न तो कोई निर्दिष्ट कारण होता है, न उद्देश्य। यह केवल क्रोध की स्थिति व्याघात को रोकने की क्रिया है, क्रोध की रक्षा का प्रयत्न है।

यह बात उत्साह में नहीं, अन्य मनोविकारों में भी बराबर पाई जाती है। यदि हम किसी बात पर क्रोधित होकर बैठे हैं और इसी बीच में कोई दूसरा आकर हमसे कोई बात सीधी तरह भी पूछता है तो भी हम उसपर झुँझला उठते हैं। इस झुँझलाहट का न तो कोई निर्दिष्ट कारण होता है, न उद्‌देश्य। यह केवल क्रोध की स्थिति व्याघात को रोकने की क्रिया है, क्रोध की रक्षा का प्रयत्न है। इस झुँझलाहट द्वारा हम यह प्रकट करते हैं कि हम क्रोध में हैं और क्रोध ही में रहना चाहते हैं। क्रोध को बनाए रखने के लिए हम उन बातों से भी क्रोध ही संचित करते हैं, जिनसे दूसरी अवस्था में हम विपरीत भाव प्राप्त करते। इसी प्रकार यदि हमारा चित्त

किसी विषय में उत्साहित रहता है तो हम अन्य विषयों में भी अपना उत्साह दिखा देते हैं। यदि हमारा मन बढ़ा हुआ रहता है तो हम बहुत से काम प्रसन्नतापूर्वक करने के लिए तैयार हो जाते हैं।

लिहाजा फल की चिंता किए बगैर कर्म किए जाने का जो उत्साह होता है, वही सच्चा उत्साह होता है और वही हमारे जीवन को सार्थकता प्रदान करता है।

□

V

व्यवहारकुशलता

निदा फाजली की गजल के दो शेर व्यवहारकुशलता की प्रेरणा देते हैं—

बात कम कीजे, जेहानत को छुपाते रहिए।
अजनबी शहर है ये दोस्त बनाते रहिए।।
दुश्मनी लाख सही कता न कीजे रिश्ता।
दिल मिले या न मिले हाथ मिलाते रहिए।।

ये शेर बताते हैं कि अपना सामाजिक दायरा बढ़ाना है तो यह जरूरी है कि मनुष्य आत्म प्रवंचना से बचे। शेखी बघारने से परहेज करे। उसके गुण अगर धीरे-धीरे स्वाभाविक प्रक्रिया के तहत सामने आएँगे तो लोग उसे स्वीकार करेंगे, पसंद करेंगे, लेकिन यदि वह अपने बारे में डींगें हाँककर सामनेवाले को प्रभावित करने की कोशिश करेगा तो लोगों के अंदर उसके प्रति आकर्षण की जगह विकर्षण पैदा होगा और वे उससे दूरी बनाने लगेंगे। ऐसे लोग न अपने दोस्तों के साथ अपने संबंध बरकरार रख पाते हैं और न नए दोस्त बना पाते हैं। अपने आंतरिक गुणों को छुपाकर सामनेवाले की पसंदगी, नापसंदगी का खयाल रखते हुए नपी-तुली बातें करनेवाले अनजान शहरों में भी अपने दोस्त बना लेते हैं।

इसी तरह किसी से दुश्मनी भी हो उससे अपना रिश्ता तोड़ना नहीं चाहिए। उसके साथ आत्मीय नहीं तो कम-से-कम एक औपचारिक संबंध बनाए रखना चाहिए। जीवन के किसी मोड़ पर उसके साथ दुश्मनी खत्म हो सकती और दुबारा दोस्ती कायम हो सकती है। इसलिए दुश्मनों के साथ भी संबंध विच्छेद नहीं करना चाहिए। व्यावहारिक जीवन में कई बातों का ध्यान रखना होता है। एक व्यवहार कुशल व्यक्ति जिससे बात करता है, उसके अच्छे गुणों की चर्चा करता है। उसे कभी अपने से कमतर या नीचा दिखाने की कोशिश नहीं करता। उसमें कोई कमी देखता भी है तो उसे अकेले में इशारे से आत्मीयता के साथ दूर करने का परामर्श देता है। भरी सभा में उसे अपमानित नहीं करता। कार्यालयों में जो सफल बॉस होता है, वह अपने किसी अधीनस्थ कर्मी को सार्वजनिक रूप से डाँट-डपट नहीं करता। उसे अपने चेंबर में बुलाकर अकेले में डाँटता या फटकारता है।

इसी तरह किसी से दुश्मनी भी हो उससे अपना रिश्ता तोड़ना नहीं चाहिए। उसके साथ आत्मीय नहीं तो कम-से-कम एक औपचारिक संबंध बनाए रखना चाहिए। जीवन के किसी मोड़ पर उसके साथ दुश्मनी खत्म हो सकती और दुबारा दोस्ती कायम हो सकती है। इसलिए दुश्मनों के साथ भी संबंध विच्छेद नहीं करना चाहिए। व्यावहारिक जीवन में कई बातों का ध्यान रखना होता है।

देखा गया है बहुत से लोग अपनी प्रशंसा आप ही करते रहते हैं। यह उनकी हीन भावना के कारण होता है। उन्हें लगता है, उनके बारे में लोगों को पता होना चाहिए कि वे कोई साधारण जीव नहीं हैं। लेकिन एक समझदार और व्यवहारकुशल व्यक्ति प्रशंसा के मामले कभी आत्मनिर्भर होना पसंद नहीं करता। अपनी बड़ाई करने की जगह

वह सामनेवाले के सकारात्मक पक्ष को उजागर करता है। वह हमेशा सामनेवाले की मुखाकृति पर ध्यान देता है कि कहीं उसकी बातें उसे बुरी तो नहीं लग रही हैं। एक व्यवहारकुशल व्यक्ति कभी किसी को कोई चुभनेवाली या पीड़ा पहुँचानेवाली बात नहीं बोलता। बहुत से लोग ऐसे होते हैं, जो सामनेवाले की दुखती रगों को छेड़कर उसे पीड़ा पहुँचाते हैं और इसे अपनी बहादुरी समझते हैं। वे अपने अहंकार का प्रदर्शन करते रहते हैं। ऐसे लोगों से जो एक बार मिलता है वह दुबारा मिलना नहीं चाहता। जबकि एक व्यवहारकुशल व्यक्ति से मिलनेवाला हर व्यक्ति प्रसन्नचित्त होकर जाता है और बार-बार मिलने की कोशिश करता है।

इनसान की सामाजिक पहचान, स्वीकार्यता, उसके संबंधों का दायरा उसके व्यवहार पर निर्भर करता है। अहंकारपूर्ण और उद्दंडताभरी भाषा बोलनेवालों से उसके अपने सगे संबंधी भी कन्नी काटने लगते हैं, जबकि सामनेवाले की भावनाओं का खयाल रखते हुए मीठी भाषा बोलनेवाले से अनजान लोग भी जुड़ाव महसूस करते हैं। मनुष्य की असली पहचान उसके आचरण से होती है। अच्छाई और बुराई का कोई लिखित या मानक पैमाना नहीं होता। उसका व्यवहार ही उसके व्यक्तित्व को

इनसान की सामाजिक पहचान, स्वीकार्यता, उसके संबंधों का दायरा उसके व्यवहार पर निर्भर करता है। अहंकारपूर्ण और उद्दंडताभरी भाषा बोलनेवालों से उसके अपने सगे संबंधी भी कन्नी काटने लगते हैं, जबकि सामनेवाले की भावनाओं का खयाल रखते हुए मीठी भाषा बोलनेवाले से अनजान लोग भी जुड़ाव महसूस करते हैं। मनुष्य की असली पहचान उसके आचरण से होती है। अच्छाई और बुराई का कोई लिखित या मानक पैमाना नहीं होता।

प्रतिबिंबित करता है। जो व्यवहारकुशल नहीं होता उसे पता नहीं होता कि किसके साथ कैसा व्यवहार करना चाहिए। जबकि व्यवहारकुशल व्यक्ति इस बात का पूरा ध्यान रखता है कि वह जिस व्यक्ति से बात कर रहा है वह किस आयुवर्ग का है। किस सामाजिक पृष्ठभूमि से आता है और उससे क्या चाहता है। वह बच्चों से बच्चों जैसी बात करता है। हमउम्रों से दोस्तों की तरह बात करता है और बड़ों को पर्याप्त आदर और सम्मान देते हुए संवाद करता है। यदि वह महसूस करता है कि सामनेवाले की मदद करना उसके वश की बात नहीं है तो वह उसे सीधे मना नहीं करता बल्कि कहता है कि वह इसके लिए कोशिश करेगा लेकिन काम हो ही जाएगा इसका भरोसा नहीं दिला सकता। जो उद्दंड होता है वह मनुष्य होने की न्यूनतम अर्हता पूरी नहीं कर पाता। लिहाजा जीवन में व्यवहारकुशलता अत्यंत आवश्यक है। व्यवहारकुशल होना असल में जीवन जीने की विधि है। उद्दंड होने में कोई मेहनत नहीं लगती, लेकिन सुशील, शालीन, सज्जन एवं व्यवहारकुशल होना बेहद कठिन है। निस्संदेह यह गुण गर्भ से ही नहीं उत्पन्न होते। विरासत में भी नहीं मिलते। जन्म के समय सभी की परिस्थितियाँ एकसमान होती हैं। मगर उसके बाद उसके घर के संस्कार और आसपास के परिवेश के अनुरूप उसके व्यक्तित्व का निर्माण होता है। जिन घरों में अच्छाई-बुराई के बीच फर्क का पाठ पढ़ाया जाता है, उन घरों के

व्यवहारकुशल होना असल में जीवन जीने की विधि है। उद्दंड होने में कोई मेहनत नहीं लगती, लेकिन सुशील, शालीन, सज्जन एवं व्यवहारकुशल होना बेहद कठिन है। निस्संदेह यह गुण गर्भ से ही नहीं उत्पन्न होते। विरासत में भी नहीं मिलते। जन्म के समय सभी की परिस्थितियाँ एकसमान होती हैं।

बच्चे प्रायः सुशील और अनुशासनप्रिय होते हैं। ऐसे में किसी भी बालक का चरित्र निर्माण उसके घरेलू माहौल, सामाजिक परिवेश और मित्रों की संगत पर अधिक निर्भर करता है। कहते हैं कि संगत से गुण आते हैं और संगत से जाते हैं। व्यवहारकुशल होना सफल जीवन का एक सुखद मार्ग है। जो व्यक्ति व्यवहार कुशल होता है, वह जीवन में कभी असफल नहीं होता। उसके जीवन में पग-पग पर सफलता मिलती रहती है। वे अपने व्यवहार से दूसरों को प्रभावित कर लेते हैं। उनके मित्र और शुभचिंतक हमेशा उनकी मदद करने को तैयार रहते हैं। ऐसे ही लोग समाज का नेतृत्व कर सकते हैं।

अगर किसी को सफल व्यक्ति मानते हों तो यह भी मान लेना चाहिए कि वह दूसरों से अधिक व्यवहारकुशल है। इसी तरह जो लोग असफल हैं, उनके संबंध में मान लेना चाहिए कि वे आचरण व व्यवहार से उद्दंड हैं अथवा हीनभावना से ग्रसित हैं। ऐसे ही अंदर से स्वयं को संसार का सबसे निकृष्ट प्राणी मानते हैं।

अगर किसी को सफल व्यक्ति मानते हों तो यह भी मान लेना चाहिए कि वह दूसरों से अधिक व्यवहारकुशल है। इसी तरह जो लोग असफल हैं, उनके संबंध में मान लेना चाहिए कि वे आचरण व व्यवहार से उद्दंड हैं अथवा हीनभावना से ग्रसित हैं। ऐसे ही अंदर से स्वयं को संसार का सबसे निकृष्ट प्राणी मानते हैं। उसपर पर्दा डालने के लिए वे अपने को महान् आदमी साबित करने की कोशिश करते हैं। ऐसी मनोवृत्ति हीनभावना के कारण, व्यवहारकुशल न होने के कारण ही बनती है। हीन भावना की अभिव्यक्ति हमेशा उच्च भावना के प्रदर्शन के रूप में होती है। यह एक प्रकार की मनोवैज्ञानिक बीमारी है। एक व्यक्ति ऐसा होता है, जो मिलता है तो मन घृणा से भर जाता है और दूसरा जब बिछुड़ता है तो

आँख से आँसू निकल पड़ते हैं। दोनों ही मनुष्य हैं। बाहर से देखकर यह नहीं बताया जा सकता कि कौन अच्छा है, कौन बुरा है। केवल उनके व्यवहार से पता चलता है कि यह व्यक्ति अच्छा है या बुरा है। आप दूसरों से कैसा व्यवहार करते हैं यही महत्त्वपूर्ण है। इसलिए कहा जाता है कि व्यवहारकुशल व्यक्ति समाज में लोकप्रिय बन जाता है।

मनुष्य को अपने हर संबंध, हर व्यवहार की समीक्षा करनी चाहिए। यदि उसे अपनी कमजोरियों और गलतियों का अहसास होगा तो वह उसमें सुधार ला सकता है। अपनी सामाजिक स्वीकार्यता बढ़ा सकता है। इसका जीवन में क्या महत्त्व है समझने की जरूरत है।

□

W

वचन

जुबान की क्या कीमत होती है, इसे आजकल के अधिकांश लोग नहीं जानते। अपना काम निकालने के लिए वे किसी को कोई भी वचन दे देते हैं और काम निकलने के बाद उसे भूल जाते हैं। आज ऐसे लोग दुर्लभ हैं, जो किसी को वचन देते हैं तो किसी कीमत पर उसका पालन करते हों। हमारे राष्ट्रीय और सामाजिक जीवन में वचन का विशेष महत्त्व है, लेकिन उनके पालन के प्रति प्राय: लापरवाही और उदासीनता का भाव होता है। विवाह की प्रथा की ही बात करें तो विपरीत लिंग के दो लोगों को जब समाज के सामने गृहस्थ जीवन में प्रवेश के लिए एक सूत्र में बाँधा जाता है तो उनसे एक-दूसरे के प्रति कुछ वचन लिये जाते हैं। हिंदू विवाह प्रणाली में अग्नि के फेरे लेते समय सात वचन लिये जाते हैं। लेकिन किसी भी दंपती से अचानक पूछा जाए कि उन्होंने क्या वचन लिये थे तो 99 फीसदी लोग नहीं बता पाएँगे। जब उन्हें अपने वचन ही याद नहीं तो उनके पालन का सवाल कहाँ उठता है। पंडित ने मंत्रोच्चार करते हुए जो कहा उसे उन्होंने बस दुहरा दिया। उसे समझने की कोशिश नहीं की।

विधायिका, नौकरशाही और न्यायपालिका में कोई पद ग्रहण करने से पूर्व शपथ लेने की परंपरा है। शपथ लेने के बाद जब वे पद पर आसीन हो जाते हैं तो उनमें से अधिकांश लोग बिना किसी संकोच के

शपथ तोड़ते रहते हैं। उनसे कोई कुछ पूछनेवाला नहीं होता। इसलिए एक कहावत चल पड़ी है कि वचनम किम दरिद्रम। यानी वचन देने में दरिद्रता कैसी। जब उसका पालन करने की कोई बाध्यता नहीं है।

वचनबद्धता को लेकर कई तरह के मिथक और दृष्टांत मौजूद हैं। झारखंड में एक कोयला खदान क्षेत्र है बेरमो। वहाँ दामोदर नदी किनारे एक स्थान है हथिया पत्थर। वहाँ हाथी की आकृति की एक चट्टान दूर से ही दिखाई देती है। करीब जाकर देखने पर पता चलता है कि नदी के दोनों किनारों के बीच कलात्मक चट्टानों की एक श्रृंखला है, जिसमें कहीं घोड़ा, कहीं पालकी, कहीं सिपाही की आकृति नजर आती है।

वचनबद्धता को लेकर कई तरह के मिथक और दृष्टांत मौजूद हैं। झारखंड में एक कोयला खदान क्षेत्र है बेरमो। वहाँ दामोदर नदी किनारे एक स्थान है हथिया पत्थर। वहाँ हाथी की आकृति की एक चट्टान दूर से ही दिखाई देती है। करीब जाकर देखने पर पता चलता है कि नदी के दोनों किनारों के बीच कलात्मक चट्टानों की एक श्रृंखला है, जिसमें कहीं घोड़ा, कहीं पालकी, कहीं सिपाही की आकृति नजर आती है। उनमें किसी मूर्तिकार की कलाकारी नहीं है। सारी आकृतियाँ प्राकृतिक हैं। स्थानीय लोगों के बीच इस स्थल के संबंध में एक दंतकथा प्रचलित है, जो वचन भंग करने से संबंधित है। कहते हैं कि किसी जमाने में एक राजा अपने बेटे की बारात लेकर जा रहा था। रास्ते में उन्हें दामोदर नदी पार करनी थी। उस समय नदी में बाढ़ आई हुई थी और नदी पूरे उफान पर थी। राजा ने नदी से प्रार्थना की कि बारात को पार करने दे तो वे बकरे की बलि चढ़ाएँगे। नदी का उफान थम गया और बारात आराम से उस पार चली गई। विवाह संपन्न हुआ।

राजा बारात लेकर वापस लौटे। वापसी में अभी बारात ही दामोदर पार कर ही रही थी कि राजा ने कहा कि अब तो सबकुछ संपन्न हो गया। अब कौन बलि देता है। इतना कहते ही राजा सहित पूरी बारात पत्थर में तब्दील हो गई। उन्हें वचन भंग करने की सजा मिल गई।

यह एक दंतकथा है। सच्चाई क्या है कोई नहीं जानता, लेकिन इस कहानी का सीधा संदेश यही है कि इनसान को कोई भी वचन बहुत सोच-समझकर देना चाहिए और वचन देने के बाद हर हाल में उसका पालन करना चाहिए। राजा दशरथ ने अपनी पटरानी कैकेयी को दो इच्छाएँ पूरी करने का वचन दिया था। कैकेयी ने समय आने पर भरत को राजपाट और राम को 14 वर्ष के वनवास की माँग कर दी। राम को जब इसका पता चला तो वे अपने पिता के वचन का मान रखने के लिए सहर्ष वन गमन की तैयारी करने लगे। उनके साथ सीता और लक्ष्मण ने भी उनके साथ चलने की आज्ञा माँगी और चलने को तैयार हो गए। भरत उस समय अयोध्या से बाहर थे। अपने ननिहाल गए हुए थे। वापस लौटने पर जब उन्हें इसकी जानकारी मिली तो कैकेयी और उनकी दासी मंथरा को भला-बुरा कहा और राम, लक्ष्मण-सीता को वापस लाने के लिए चल पड़े। राम ने पिता के वचन को हर हाल में निभाने का संकल्प दुहराया। तुलसीदास ने लिखा है—रघुपति रीत सदा चली

राम ने पिता के वचन को हर हाल में निभाने का संकल्प दुहराया। तुलसीदास ने लिखा है—रघुपति रीत सदा चली आई। प्राण जाए पर वचन न जाई। यह वचन की मर्यादा का उस युग का मापदंड था। प्राण देकर भी वचन निभाने की परंपरा थी। द्वापर युग की ही बात करें तो सूर्यपुत्र कर्ण ऐसा दानवीर था कि अपने दरवाजे पर आए किसी व्यक्ति को खाली हाथ नहीं लौटाता था।

आई। प्राण जाए पर वचन न जाई। यह वचन की मर्यादा का उस युग का मापदंड था। प्राण देकर भी वचन निभाने की परंपरा थी। द्वापर युग की ही बात करें तो सूर्यपुत्र कर्ण ऐसा दानवीर था कि अपने दरवाजे पर आए किसी व्यक्ति को खाली हाथ नहीं लौटाता था। जब अर्जुन की प्राणरक्षा के उद्देश्य से इंद्र साधु का वेश धारण कर उसके पास पहुँचे और उससे कवच-कुंडल की माँग की तो यह जानते हुए कि कवच-कुंडल उसके शरीर के साथ जन्मजात जुड़ा हुआ हिस्सा है और इसकी माँग करनेवाले उसके सबसे बड़े शत्रु के पिता हैं, उसने कटार से चीरकर कवच-कुंडल का दान दिया। उसने अपने प्राणों को संकट में डालकर भी अपने संकल्प और अपने वचन का पालन किया। उसकी मर्यादा रखी। कृष्ण ने चीरहरण के समय द्रौपदी को दिए अपने वचन का पालन करते हुए उसकी लाज बचाई। दु:शासन के हाथ थक गए, लेकिन द्रौपदी की साड़ी की लंबाई खत्म नहीं हुई।

हमारी व्यवस्था में कदम-कदम पर वचन लिया और दिया जाता है। न्यायपालिका में मुद्दई-मुदालय से लेकर गवाह तक गीता और कुरआन पर हाथ रखकर सच बोलने की शपथ लेते हैं और सबसे ज्यादा झूठ अदालतों में ही बोले जाते हैं। न्याय के आसन पर बैठा न्यायाधीश हर पक्ष की बातें सुनता है। प्रस्तुत साक्ष्यों का अध्ययन करता है और अपने विवेक के आधार पर निष्कर्ष तक पहुँचकर फैसला सुनाता है। कार्यपालिका में भी वचनबद्धता के प्रति कोई आग्रह नहीं होता। पुलिस

हमारी व्यवस्था में कदम-कदम पर वचन लिया और दिया जाता है। न्यायपालिका में मुद्दई-मुदालय से लेकर गवाह तक गीता और कुरआन पर हाथ रखकर सच बोलने की शपथ लेते हैं और सबसे ज्यादा झूठ अदालतों में ही बोले जाते हैं।

थानों में भी रोज अनगिनत फर्जी मामले दर्ज किए जाते हैं। विधायिका में जनादेश को लेकर वचनबद्धता के प्रति अकसर गंभीरता का अभाव दिखता है।

'वचनम् किम दरिद्रम' की उक्ति मौजूदा काल की मानसिकता को अभिव्यक्त करती है। अपनी जुबान के प्रति दृढ़ता व्यक्तित्व की दृढ़ता को दरशाती है। आज भी ऐसे लोग पाए जाते हैं, जो किसी को वचन देने के बाद भारी नुकसान सहकर भी उसे पूरा करते हैं। उनके व्यक्तित्व की गरिमा अक्षुण्ण होती है। व्यापार के क्षेत्र में देखें तो बाजार में उन्हीं व्यापारियों की साख होती है, जो अपनी जुबान के पक्के होते हैं। वे यदि किसी को राशि के भुगतान का समय दे देते हैं तो चाहे कर्ज लेना पड़े लेकिन उसे टालते नहीं। ऐसे व्यापारियों को जरूरत पड़ने पर बैंक से लेकर आम आदमी तक हर कोई कर्ज देने को तैयार रहता है। लोगों को भरोसा रहता है जिन शर्तों पर वे पैसा ले रहे हैं, उन्हें हर हाल में पूरा करेंगे और उसकी वापसी का जो समय देंगे उससे एक दिन का भी विलंब नहीं होगा। व्यापार की दुनिया में झूठे, मक्कार, लालची और वादाखिलाफी करनेवालों की कमी नहीं है, लेकिन उनकी सफलता अल्पकालिक होती है। वे ज्यादा समय तक बाजार में टिके नहीं रह पाते।

जुबान के पक्के लोगों को जीवन में नुकसान उठाने पड़ते हैं, कष्ट सहना पड़ता है, लेकिन अंतिम जीत उन्हीं की होती है। इसलिए मनुष्य को चाहिए कि किसी को भी बहुत सोच-समझकर कोई वचन दें और जब वचन दे दे तो हर हाल में उसका निर्वहन करे।

□

एक्सपीरियंस

जीवन के व्यावहारिक ज्ञान को एक्सपीरियंस अथवा अनुभव कहते हैं। जीवन में उसकी बड़ी उपयोगिता होती है। यह ज्ञान को समृद्ध करता है। उसे उपयोगी बनाता है। यह एक ऐसी निधि है, जो दोनों हाथ खर्च करने पर भी खत्म नहीं होती। किसी समस्या या कार्य के सफलतापूर्वक निष्पादन से प्राप्त अनुभव जीवन भर काम आता है। हरेक इनसान के जीवन में समस्याएँ आती रहती हैं, संचित अनुभव से उनका समाधान संभव हो जाता है। वह अनुभव उसका खुद का भी हो सकता है और किसी अनुभवी व्यक्ति की मदद से भी हो सकता है। कभी-कभी अनुभव ज्ञान पर भारी पड़ जाता है। एक बुजुर्ग कंपाउंडर को नई-नई डिग्री लेकर आए डॉक्टर से चिकित्सा विषयक जानकारी ज्यादा होती है। वह लक्षण देखकर रोग की पहचान कर सकता है और उसकी सटीक दवा बता सकता है। झारखंड के बोकारो में एशिया का सबसे बड़ा स्टील प्लांट है। वहाँ बड़ी-बड़ी डिग्रियों वाले इंजीनियर हजारों की संख्या में हैं। एक बार उसके एक फरनेस में तकनीकी समस्या आ गई। वहाँ के इंजीनियरों ने बहुत कोशिश की, लेकिन गड़बड़ी समझ नहीं पाए। अंत में किसी की सलाह पर उन्होंने लोहारों के चर्चित गाँव भेंडरा के कारीगरों से संपर्क किया। उस गाँव में लोग कुटीर स्तर पर लोहे के उपकरण बनाते हैं। वहाँ के सबसे कुशल कारीगर का नाम था

मौजीराम। वह इंजीनियरों के आग्रह पर बोकारो स्टील प्लांट गया। मशीन का निरीक्षण करने के बाद उसने गड़बड़ी पकड़ भी ली और उसे ठीक भी कर दिया। उसके पास कोई डिग्री नहीं थी, लेकिन दिन-रात लोहे के सामान बनाते-बनाते उसे मशीनों का ज्ञान हो गया था। कार्य से संबधित अनुभव व्यक्ति के जीवन में सर्वाधिक सहायक सिद्ध होते हैं, क्योंकि अनुभव उसके जीवन निर्वाह को सरल एवं खुशहाल बना देते हैं। आज के समय कॉरपोरेट सेक्टर की नौकरी में अनुभव को प्राथमिकता दी जाती है। जितना ज्यादा अनुभव उतना ज्यादा वेतन। और उतनी ही बड़ी जिम्मेदारी।

अनुभव एकत्र करने के लिए उनके विषय में जानकारी होना भी आवश्यक है। अनुभवों की उत्पत्ति मुख्यतः दो प्रकार से होती है। समस्याओं के समाधान के जरिए और कर्म के जरिए। अनुभव भी मुख्य रूप से दो प्रकार के होते हैं—सामान्य अनुभव एवं महत्त्वपूर्ण अनुभव। अनुभव की प्राप्ति मुख्यतः तीन प्रकार से होती है। पुस्तकों एवं शिक्षा द्वारा, संघर्षों द्वारा तथा समाज के अन्य अनुभवशाली लोगों के संपर्क द्वारा।

अनुभव एकत्र करने के लिए उसके विषय में जानकारी होना भी आवश्यक है। अनुभवों की उत्पत्ति मुख्यतः दो प्रकार से होती है। समस्याओं के समाधान के जरिए और कर्म के जरिए। अनुभव भी मुख्य रूप से दो प्रकार के होते हैं—सामान्य अनुभव एवं महत्त्वपूर्ण अनुभव। अनुभव की प्राप्ति मुख्यतः तीन प्रकार से होती है। पुस्तकों एवं शिक्षा द्वारा, संघर्षों द्वारा तथा समाज के अन्य अनुभवशाली लोगों के संपर्क द्वारा। समस्या एवं कर्म दोनों ही अनुभव के स्रोत होते हैं, लेकिन दोनों से प्राप्त अनुभवों में अंतर होता है। जो अनुभव कर्म करने से उत्पन्न होते हैं, वह शिक्षा के निरंतर अभ्यास एवं अपने विषय पर निरंतर कार्य करने अथवा

कार्यों में कोई अतिरिक्त विशेषता उत्पन्न करने से प्राप्त होते हैं। कर्म से प्राप्त अनुभव अभ्यास करने से प्राप्त हों अथवा विशेषता या कोई अविष्कार करने से प्राप्त हों, जीवन में उन्नति एवं सम्मान प्रदान करते हैं। जो अनुभव समस्या निवारण से उत्पन्न होते हैं, वे जीवन में किसी प्रकार की उन्नति नहीं करते, लेकिन दुबारा वैसी समस्या उत्पन्न होने पर शीघ्र समाधान में मददगार होते हैं। जिस प्रकार की समस्या से अनुभव उत्पन्न होता है, वह अनुभव दुबारा वैसी समस्या उत्पन्न ना हो उसके लिए सतर्क भी करता है।

इनसान के लिए अनुभव प्राप्त करने का प्रथम आधार पुस्तकें एवं शिक्षा है। ये बचपन से ही उसे अनुभव प्रदान करना आरंभ कर देते हैं। महान् दार्शनिकों एवं बुद्धिमानों के असंख्य अनुभव दोहे, मुहावरे एवं कहावतों के रूप में पाठ्यक्रमों में शामिल होते हैं।

जो अनुभव दैनिक कार्यों अथवा समस्यामूलक घटनाओं से प्राप्त होते हैं, वे सामान्य अनुभव होते हैं। सामान्य अनुभव दैनिक जीवन को सरल बनाने एवं सामान्य समस्याओं से संघर्ष करने के लिए आवश्यक होते हैं। महत्त्वपूर्ण घटना अथवा महत्त्वपूर्ण कार्यों द्वारा प्राप्त अनुभव महत्त्वपूर्ण अनुभव कहलाते हैं। महत्त्वपूर्ण अनुभव विशेष समस्याओं का निवारण करने तथा कर्म करने की विशेषता से प्राप्त अनुभव जीवन को प्रगतिशील करने में सक्षम होते हैं। सामान्य हों या महत्त्वपूर्ण अनुभव सभी इनसानों के जीवन में महत्त्व रखते हैं। क्योंकि अनुभव इनसान के लिए हमेशा लाभदायक होते हैं। इनसे हानि का कोई कारण नहीं होता।

इनसान के लिए अनुभव प्राप्त करने का प्रथम आधार पुस्तकें एवं शिक्षा है। ये बचपन से ही उसे अनुभव प्रदान करना आरंभ कर देते हैं। महान् दार्शनिकों एवं बुद्धिमानों के असंख्य अनुभव दोहे, मुहावरे एवं

कहावतों के रूप में पाठ्यक्रमों में शामिल होते हैं। पुस्तकों से प्राप्त अनुभव व्यर्थ की शिक्षा समझकर भुला दिए जाते हैं, क्योंकि जिस आयु में इन्हें पढ़ाया जाता है उस समय समस्या तथा कर्म से संघर्ष करने की आवश्यकता ही नहीं होती। अनुभव प्राप्ति का दूसरा आधार परिवार एवं समाज के बुजुर्ग एवं अनुभवशाली इनसान होते हैं, परंतु उनके अनुभव व्यर्थ के प्रवचन समझकर ग्रहण नहीं किए जाते। अनुभव प्राप्ति का तीसरा एवं मुख्य आधार इनसान स्वयं होता है, जब वह संघर्ष करता है तो उसे जो भी अनुभव प्राप्त होते हैं, वे सदैव स्मरण रखे जाते हैं, इसलिए उन्हें मुख्य माना जाता है।

अनुभव मानव जीवन की अमूल्य निधि हैं, क्योंकि बुरे समय में जब अपने, मित्र, धन एवं समाज के लोग साथ छोड़ देते हैं तो सिर्फ अपने अनुभव काम आते हैं। अनुभव अच्छाई के भी होते हैं और बुराई के भी। जीवन में दोनों की ही आवश्यकता पड़ती है। अच्छाई के अनुभव जीवन की प्रगति एवं समाज से जोड़ने का कार्य करते हैं, जबकि बुराई के अनुभव बुरे इनसानों से बचाव में काम आते हैं। अनुभव की जरूरत जीवन में समस्याओं के समाधान में भी पड़ती है और धूर्त तथा असामाजिक तत्त्वों से बचाव में भी पड़ती है। धूर्त लोगों को अनुभवी आँखें ही पहचान पाती हैं। अनुभवी व्यक्ति विषम से विषम परिस्थिति से निपटने में सक्षम होता है।

अनुभव मानव जीवन की अमूल्य निधि हैं, क्योंकि बुरे समय में जब अपने, मित्र, धन एवं समाज के लोग साथ छोड़ देते हैं तो सिर्फ अपने अनुभव काम आते हैं। अनुभव अच्छाई के भी होते हैं और बुराई के भी। जीवन में दोनों की ही आवश्यकता पड़ती है। अच्छाई के अनुभव जीवन की प्रगति एवं समाज से जोड़ने का कार्य करते हैं, जबकि बुराई के अनुभव बुरे इनसानों से बचाव में काम आते हैं।

जीवन के लिए इतने उपयोगी होने पर भी कुछ लोग लापरवाही और बेफिक्री के कारण अनुभव ग्रहण नहीं करते अथवा इसे निरर्थक समझते हैं। कर्म एवं अपने कार्यों के विषय में अनुभव न हों या कम हों तो अभाव एवं तिरस्कार का कारण बनते हैं। समस्याओं से रक्षा करने के अनुभव न हों तो समस्याएँ घेर लेती हैं। मनुष्य की परख करने के अनुभव अच्छे एवं बुरे इनसान की परख करने के साथ धोखे एवं लूट से रक्षा करते हैं। जीवन समस्याग्रस्त होने पर मुसीबत सहन करने अथवा दूसरों से सलाह लेने से उत्तम अनुभव जब भी एवं जहाँ भी तथा जैसे भी प्राप्त हों ग्रहण करना एवं स्मरण रखना सुरक्षित तथा खुशहाल जीवन के लिए अत्यंत आवश्यक है।

मौलाना रूमी की एक पुस्तक है—मसनवी। उसमें एक कहानी है, जो आज लोकोक्ति बन चुकी है। कहानी इस प्रकार है कि अंग्रेजी व्याकरण के एक प्रोफेसर थे। वे नाव पर बैठे नदी पार कर रहे थे। उन्हें अपने ज्ञान का अहंकार था। उन्होंने केवट से पूछा, "क्या तुमने कभी व्याकरण सीखी है ?" केवट ने कहा, "नहीं, मैंने नहीं सीखी।"

मौलाना रूमी की एक पुस्तक है—मसनवी। उसमें एक कहानी है, जो आज लोकोक्ति बन चुकी है। कहानी इस प्रकार है कि अंग्रेजी व्याकरण के एक प्रोफेसर थे। वे नाव पर बैठे नदी पार कर रहे थे। उन्हें अपने ज्ञान का अहंकार था। उन्होंने केवट से पूछा, "क्या तुमने कभी व्याकरण सीखी है ?" केवट ने कहा, "नहीं, मैंने नहीं सीखी।" व्याकरण के प्रोफेसर ने व्यंग्य भरे शब्दों में कहा, फिर तो तुमने अपनी आधी जिंदगी बरबाद कर दी! केवट प्रोफेसर के अभद्र वचनों से व्याकुल हो उठा, लेकिन बाहर से शांत रहा। थोड़ी देर बाद अचानक नाव एक भँवर में फँस गई और केवट उसे किसी भी प्रकार से बाहर नहीं निकाल

पाया। इस भय के साथ कि नाव डूब जाएगी। केवट उफनती लहरों के शोर में चिल्लाया, "हे प्रोफेसर, क्या तुम्हें तैरना आता है?" व्याकरण के प्रोफेसर ने तिरस्कार के साथ जवाब दिया, "बिल्कुल नहीं। मैंने ऐसे बेकार के कामों में समय बरबाद नहीं किया है।" नाविक ने उसे बताया, "अच्छा! अब यह नाव भँवर में डूबने जा रही है और तुमने तैरना नहीं सीखा तो अब तुम्हारी पूरी जिंदगी बरबाद होने जा रही है। अब तुम डूबनेवाले हो और तुम्हारा व्याकरण का ज्ञान यहाँ काम नहीं आएगा।" यह कहानी एक महत्त्वपूर्ण सत्य की ओर इशारा करती है। यह हमें इस बात पर विचार करने को कहती है कि हम अपनी जिंदगी कैसे बिताते हैं और हम किसे महत्त्व देते हैं? प्रोफेसर को अपनी बुद्धिमता पर बहुत घमंड था, लेकिन जब तैरने के व्यावहारिक अनुभव की बात आई तो उसके बौद्धिक ज्ञान ने उसकी कोई मदद नहीं की। उस समय उसकी जिंदगी तैरने की सामर्थ्य पर आधारित थी, पर अपने जीवन में उसने उसे महत्त्व नहीं दिया था। वह अपनी व्याकरण की पुस्तकों के अध्ययन में व्यस्त था और उसने कभी महसूस नहीं किया था कि जीवन में कभी उसे कुछ और सीखने की जरूरत पड़ेगी। हममें से अधिकतर उसी नाव में हैं। हम अपना जीवन भौतिक और बौद्धिक लक्ष्यों को पाने में लगा देते

> ***यह कहानी एक महत्त्वपूर्ण सत्य की ओर इशारा करती है। यह हमें इस बात पर विचार करने को कहती है कि हम अपनी जिंदगी कैसे बिताते हैं और हम किसे महत्त्व देते हैं? प्रोफेसर को अपनी बुद्धिमता पर बहुत घमंड था, लेकिन जब तैरने के व्यावहारिक अनुभव की बात आई तो उसके बौद्धिक ज्ञान ने उसकी कोई मदद नहीं की। उसकी जिंदगी तैरने की सामर्थ्य पर आधारित थी, पर अपने जीवन में उसने उसे महत्त्व नहीं दिया था।***

हैं, पर हम अध्यात्म से अनजान रहते हैं। जब भौतिक मृत्यु की उफनती लहरें हमारे ऊपर आ जाती हैं तो हममें कोई आध्यात्मिक क्षमता नहीं होती कि हम अपने जीवन के अंतिम समय से स्वयं का बचाव कर सकें। जब हमें खबर मिलती है कि हमें एक जानलेवा बीमारी है या अचानक हमें अपनी मृत्यु दिखाई देती है तो हम भयभीत हो जाते हैं। हमें समझ नहीं आता कि हम क्या करें। हमने अपना समय जीवन और मृत्यु का सच्चा अर्थ समझने में नहीं लगाया होता है और हम अपने अंत से डर जाते हैं। जिन लोगों ने ध्यान-अभ्यास के द्वारा आध्यात्मिक धारा में तैरना सीखने में अपना जीवन गुजारा होता है, उन्हें कोई डर नहीं होता। वे अपने अंत का शांति और निडरता से सामना करते हैं।

इसलिए मनुष्य को हमेशा अपनी आँखें खुली रखनी चाहिए। जीवन के अनुभव जहाँ कहीं से मिलें उन्हें एकत्र करना चाहिए। अहंकार तो अपने नजदीक आने ही नहीं देना चाहिए। क्योंकि ज्ञान का अहंकार नए अनुभवों को ग्रहण करने में बाधक होता है। किताबी ज्ञान व्यावहारिक जीवन में ज्यादा काम नहीं आता, लेकिन यह अनुभव की गहराई को समझने में जरूर मददगार होता है। इसलिए नए अनुभव प्राप्त करने के किसी अवसर को हाथ से जाने नहीं देना चाहिए।

□

Y

युक्ति

कठिन-से-कठिन कार्य को सरलता से संपन्न कर लेने की तरकीब को युक्ति कहते हैं। यह मेधा, सूझ-बूझ और अनुभव से उत्पन्न होती है। गाँव-समाज में एक भी होशियार व्यक्ति हो तो वह सबकी कठिनाइयों को चुटकी में हल करने की युक्ति निकाल लेता है। वैसे समस्या आने पर हर व्यक्ति का दिमाग काम करने लगता है और वह किसी-न-किसी युक्ति से समाधान निकाल ही लेता है। एक पुरानी कहानी है—एक टोपीवाला टोपियों की टोकरी लेकर जंगल से गुजर रहा था। रास्ते में उसे थकावट की अनुभूति हुई। वह एक पेड़ के नीचे पहुँचा और अपनी टोकरी एक किनारे रखकर आराम करने लगा। उसे नींद आ गई। कुछ घंटे बाद जब उसकी नींद खुली तो उसने देखा कि टोकरी खाली है। उसकी नजर पेड़ पर गई तो वहाँ बंदरों का एक झुंड मौजूद था और सभी ने सिर पर टोपी लगा रखी थी। वह उनके सिर पर टोपी देखकर समझ गया कि बंदरों ने टोकरी से टोपी उठाकर पहन ली है। थोड़ी देर सोचने के बाद उसे एक युक्ति सूझी। उसने बंदरों की ओर देखते हुए अपने सिर की टोपी उतारकर नीचे जमीन पर फेंक दी। उसकी देखादेखी बंदरों ने भी अपने सिर की टोपी नीचे फेंक दी। फिर उसने उन्हें समेटकर अपनी टोकरी में वापस रखा और वहाँ से चलता बना। उसे पता था कि बंदर नकलची होते हैं। उसे टोपी फेंकते देखकर वे भी फेंक देंगे

और वह उन्हें समेट लेगा। इसके अलावा उनसे टोपी वापस लेने का कोई और तरीका नहीं था।

मानव जीवन में अकसर इस तरह की युक्तियों को आजमाने की जरूरत पड़ती है। हमने देखा है कि कई बार अपार्टमेंट की पहली-दूसरी मंजिल पर रहने वाली महिलाएँ ठेलेवालों से सामान खरीदने के लिए सीढ़ियों या लिफ्ट से नीचे उतरने और खरीदारी के बाद वापस लौटने की कवायद करने की जगह चुपचाप रस्सी में बाल्टी बाँधकर, उसमें पैसे रखकर नीचे लटका देती हैं। ठेलेवाला पैसे उठाकर सामान की कीमत काटने के बाद शेष पैसे और सामान बाल्टी में डाल देता है, फिर वे बाल्टी को वापस खींच लेती हैं। इस तरह उनके समय और परिश्रम की बचत हो जाती है। इस तरह की युक्तियों को आजमाने में कभी-कभी नई-नई चीजों का आविष्कार भी हो जाता है।

आम तौर पर लोग पुरानी चीजों को बेकार समझ कर फेंक देते हैं; लेकिन कुछ लोग बेकार चीजों को नया रूप देकर उपयोगी बना देते हैं। पुरानी बोतलों से ड्राइंगरूम को नया लुक दिया जाता है। पुरानी जींस से सुंदर और मजबूत बैग बनाने वाले लगभग हर शहर में मिल जाते हैं। अगर गाड़ियों के पुराने घिसे हुए बेकार टायरों को रँगकर, उसमें मिट्टी भरकर पौधे लगा दिए जाएँ तो वे गार्डेन की रौनक को बढ़ा देंगे।

आम तौर पर लोग पुरानी चीजों को बेकार समझ कर फेंक देते हैं; लेकिन कुछ लोग बेकार चीजों को नया रूप देकर उपयोगी बना देते हैं। पुरानी बोतलों से ड्राइंगरूम को नया लुक दिया जाता है। पुरानी जींस से सुंदर और मजबूत बैग बनाने वाले लगभग हर शहर में मिल जाते

हैं। अगर गाड़ियों के पुराने घिसे हुए बेकार टायरों को रँगकर, उसमें मिट्टी भरकर पौधे लगा दिए जाएँ तो वे गार्डेन की रौनक को बढ़ा देंगे। पुराने कप को इकट्ठा कर दिवाली के समय उनका दीए के रूप में इस्तेमाल किया जा सकता है। शहरों में फूल-फल और सब्जी उगाने के लिए खुली जगह बड़ी मुश्किल से मिलती है। इसके लिए बालकनी में गमले रखे जाते हैं। इन दिनों पूरी दुनिया में रूफ-गार्डेन का प्रचलन भी जोरों पर है। लोग छतों पर पॉलिथीन बिछाकर उसके ऊपर मिट्टी जमा देते हैं और उसपर अपने उपयोग भर सब्जियाँ उगा लेते हैं। फलों के विशाल पेड़ों को उगाने की गुंजाइश कम होने पर बोन्साई (बौने-पौधे) का प्रचलन चल पड़ा है। कई पेड़ों की बौनी नस्ल विकसित की गई है। ड्वार्फ पपीते का पौधा मात्र तीन फीट का होगा, लेकिन एक वर्ष में एक क्विंटल तक फल देगा। लगभग तमाम फलों की इस तरह की नस्लें विकसित की गई हैं।

फलों के विशाल पेड़ों को उगाने की गुंजाइश कम होने पर बोन्साई (बौने-पौधे) का प्रचलन चल पड़ा है। कई पेड़ों की बौनी नस्ल विकसित की गई है। ड्वार्फ पपीते का पौधा मात्र तीन फीट का होगा, लेकिन एक वर्ष में एक क्विंटल तक फल देगा। लगभग तमाम फलों की इस तरह की नस्लें विकसित की गई हैं।

सर्वविदित है कि आदिवासियों की आजीविका काफी हद तक वनों पर निर्भर करती है। वे जंगली फल-फूल, जड़ी-बूटियाँ, दातुन आदि तोड़कर शहरों में बेचते हैं। रस्सियाँ तैयार करते हैं। अपनी जरूरत के लिए लकड़ियाँ भी काटते हैं। एक लकड़हारा लकड़ियों का ज्यादा-से-ज्यादा एक-दो गट्ठर अपने सिर पर रखकर ऊँची पहाड़ियों से नीचे उतर सकता है। इससे ज्यादा सामान होने पर पाँव फिसलने का खतरा होता है। प्रायः आदिवासी ऐसे समय एक अलग युक्ति का इस्तेमाल

करते हैं। वे अपना सामान रस्सी से बाँध देते हैं और उन्हें घसीटते हुए आराम से ढलानों के रास्ते नीचे की ओर ले आते हैं।

युक्ति ऐसी चीज है, जिसका इस्तेमाल कर कमजोर-से-कमजोर जीव मजबूत-से-मजबूत जीव को परास्त कर सकता है। एक चर्चित दंतकथा है—एक शेर ने अपने भोजन के लिए प्रतिदिन एक जानवर भेजने का नियम बना रखा था। वह अनावश्यक रूप से जानवरों का शिकार न करे, इस उद्देश्य से जानवरों ने इस नियम का स्वागत किया था। एक बार खरगोश की बारी आई। खरगोश जान-बूझकर देर से पहुँचा। उसे देखते ही शेर आगबबूला हो उठा। एक तो इतना छोटा जीव भूख मिटाने के लिए कम पड़ेगा, ऊपर से इतना विलंब! खरगोश ने कहा कि महाराज, गुस्सा थूक दीजिए। मेरी कोई गलती नहीं है। रास्ते में एक दूसरे शेर ने पकड़ लिया था। बड़ी मुश्किल से जान छुड़ाकर आया हूँ। शेर चौंक गया। उसके रहते जंगल में दूसरा शेर कहाँ से आ गया। उसने कहा कि चलो दिखाओ, कहाँ है दूसरा शेर? खरगोश उसे एक कुएँ के पास ले गया और बोला कि आपके डर से यहाँ छुपा बैठा है। शेर ने कुएँ में झाँका। अपनी परछाईं को दूसरा शेर समझकर वह कुएँ में कूद गया और जान गँवा बैठा। जंगल के जानवरों ने चैन की साँस ली।

युक्ति ऐसी चीज है, जिसका इस्तेमाल कर कमजोर-से-कमजोर जीव मजबूत-से-मजबूत जीव को परास्त कर सकता है। एक चर्चित दंतकथा है—एक शेर ने अपने भोजन के लिए प्रतिदिन एक जानवर भेजने का नियम बना रखा था। वह अनावश्यक रूप से जानवरों का शिकार न करे, इस उद्देश्य से जानवरों ने इस नियम का स्वागत किया था।

साधु और रट्टू तोते की कहानी में जब तोते 'शिकारी आएगा…'

का जाप करते हुए बहेलिया के जाल में फँस गए तो सबसे बुजुर्ग तोते ने उन्हें जाल सहित उड़ान भरने को कहा। बहेलिया देखता रह गया। तोते उड़ते हुए एक चूहे के बिल के पास पहुँचे। वह बूढ़े तोते का मित्र था। बूढ़े तोते के कहने पर चूहे ने जाल को काटना शुरू किया और तोतों को आजाद कराया। यदि बूढ़े तोते ने युक्ति से नहीं काम लिया होता तो सभी तोते बहेलिया की गिरफ्त में आ चुके होते। वह शहर में ले जाकर उन्हें बेच देता और लोग उन्हें पिंजरे में बंद कर घरों में रखते। बूढ़े तोते ने अपनी युक्ति से सभी तोतों को बचा लिया।

इन कहानियों का सीधा संदेश है कि मनुष्य को हमेशा अपनी बुद्धि और विवेक का इस्तेमाल करना चाहिए। कठिन-से-कठिन परिस्थिति में भी घबराना नहीं चाहिए। यदि वह ठंडे दिमाग से काम लेगा तो बड़ी-से-बड़ी मुसीबत को आसानी से पार करने की युक्ति तलाश लेगा।

□

Z

जिंदादिली

नासिख ने कहा था—

जिंदगी जिंदादिली का नाम है,
मुर्दादिल क्या खाक जिया करते हैं।

यह मात्र दो मिसरों का शेर नहीं, बल्कि जीवन का महामंत्र है। एक जिंदादिल इनसान खतरों से घबराता नहीं, बल्कि उनसे खेलता है। अभी पूरी दुनिया में कोरोना महामारी फैली हुई है। लाखों लोग इसकी चपेट में आकर जान गँवा चुके हैं। करोड़ से ज्यादा लोग इससे संक्रमित हैं। कौन कब इसकी चपेट में आकर अपनी जान गँवा बैठेगा कोई नहीं जानता। दुनिया के हर देश में खौफ का साया मँडरा रहा है। इसे नियंत्रित करने में सरकारें विफल हो रही हैं। चिकित्सा विज्ञान की साँसें फूल रही हैं। सभी जानते हैं कि मृत्यु जीवन का अंतिम सत्य है, इसे कोई रोक नहीं सकता, फिर भी लोगों के मन में डर समाया हुआ है। लोग सतर्क कम हैं, भयभीत ज्यादा हैं। भय और सतर्कता में अंतर होता है। सतर्कता समझदारी से उत्पन्न होती है और भय मन की कमजोरी से। मनुष्य की भावनाएँ महत्त्वपूर्ण होती हैं। वह नकारात्मक भी होती हैं और सकारात्मक भी। जिंदादिली या मुर्दादिली भावनाओं के स्वरूप पर निर्भर करती है। सकारात्मक भावनाएँ मानव जीवन को

संघर्ष की शक्ति और प्रेरणा से भर देती हैं। हर हाल में खुश रहना सिखाती हैं, जबकि नकारात्मक भावनाएँ खुशी के मौके पर भी मन को आशंकाओं और निराशाओं के सागर में गोते खिलाने लगती हैं।

जिंदगी को जिंदादिली के साथ जीना बड़े जीवट का काम है। इसके लिए भागवत गीता का कर्मयोगी बनना होता है। सुख और दुःख को एक समान मानते हुए, फल की चिंता किए बगैर अपने कर्म करते जाना। हर हाल में आनंदित रहना। अगर यह हुनर आ जाता है तो फिर निराशा कभी भी आपके पास नहीं फटकेगी।

जिंदगी को जिंदादिली के साथ जीना बड़े जीवट का काम है। इसके लिए भागवत गीता का कर्मयोगी बनना होता है। सुख और दुःख को एक समान मानते हुए, फल की चिंता किए बगैर अपने कर्म करते जाना। हर हाल में आनंदित रहना। अगर यह हुनर आता है तो फिर निराशा कभी भी आपके पास नहीं फटकेगी।

एक जिंदादिल इनसान हमेशा वर्तमान में जीता है। वह न तो बीते समय के लिए शोक करता है और न आनेवाले समय की चिंता करता है। उसका मानना होता है कि ना तो अतीत में कोई बदलाव नहीं किया जा सकता और ना ही भविष्य की कोई रूपरेखा खींची जा सकती है। इसलिए जो पल अभी गुजर रहा है वही सबसे ज्यादा महत्त्वपूर्ण है। इसे मस्ती से जी लें तो आनेवाला हर पल मस्ती भरा होगा। जीवन में उतार-चढ़ाव आते रहते हैं। उनकी फिक्र क्या करना। आज का सही उपयोग करेंगे तो जिंदगी के सारे सपने स्वतः पूरे होते जाएँगे। अपने आज को उत्साह और खुशी से जीना ही जिंदादिली है।

महान् वैज्ञानिक स्टीफन हॉकिंग का जीवन जिंदादिली का अद्भुत उदाहरण है। वर्ष 1964 में ही डॉक्टरों ने उन्हें मोटर न्यूरोन नामक

लाइलाज बीमारी का मरीज घोषित कर दिया था। इस बीमारी में शरीर धीरे-धीरे काम करना बंद कर देता है और इनसान की दर्दनाक मौत हो जाती है। डॉक्टरों का कहना था कि वे ज्यादा-से-ज्यादा दो साल तक जीवित रहेंगे। स्टीफन हॉकिंग को जब इसकी जानकारी मिली तो उन्होंने डॉक्टरों को चुनौती देते हुए कहा कि वे कम-से-कम 50 साल तक जीवित रहेंगे और उन्होंने जो कहा उसे पूरा करके दिखा दिया। उनका जीवन भले ही व्हील चेयर पर गुजरा, लेकिन उन्होंने दुनिया को कई वैज्ञानिक खोजों से अवगत कराया। बिग बैंग की थ्योरी में महत्त्वपूर्ण योगदान दिया। उन्होंने ब्लैक होल्स के संबंध में नए रहस्योद्घाटन किए। उनका शरीर अपंग था, लेकिन मस्तिष्क पूरी तरह सक्रिय। उन्हें विभिन्न विश्वविद्यालयों से 12 मानद डिग्रियाँ मिलीं। अमेरिका का सबसे उच्च नागरिक का सम्मान मिला। जिसे डॉक्टरों ने दो साल का जीवन बताया और वे 76 साल की उम्र तक शान से जीते रहे। उनकी जगह कोई और होता तो साल डेढ़ साल के अंदर ही गुजर जाता, लेकिन वे इच्छाशक्ति के धनी थे। अपनी जिंदादिली की बदौलत उन्होंने अपनी मौत को पाँच दशकों तक अपने पास फटकने नहीं दिया।

> *महान् वैज्ञानिक स्टीफन हॉकिंग का जीवन जिंदादिली का अद्भुत उदाहरण है। वर्ष 1964 में ही डॉक्टरों ने उन्हें मोटर न्यूरोन नामक लाइलाज बीमारी का मरीज घोषित कर दिया था। इस बीमारी में शरीर धीरे-धीरे काम करना बंद कर देता है और इनसान की दर्दनाक मौत हो जाती है। डॉक्टरों का कहना था कि वे ज्यादा-से-ज्यादा दो साल तक जीवित रहेंगे।*

इसलिए दु:खों से हिम्मत हारकर मायूस हो जाना ही मुर्दादिली है। एक मुर्दादिल व्यक्ति अपने भाग्य को कोसता रहता है और अपने

आपको दुनिया का सबसे दु:खी इनसान समझता है। उसे कुछ भी अच्छा होने की उम्मीद नहीं रहती। वह सोच नहीं पाता कि संसार में उससे कहीं ज्यादा दु:खी, उससे कहीं ज्यादा मुसीबतों से घिरे लोग हो सकते हैं, जो इन सबके बावजूद निराश और हताश नहीं हैं, बल्कि उनसे संघर्ष कर रहे हैं। हालात बुरे हैं। चुनौतियाँ गंभीर हैं। फिर भी उनके माथे पर सिलवटें नहीं, बल्कि होंठों पर मुसकराहट है। वे दूसरों के सामने अपने दु:खों का रोना न रोकर अपनी समस्याओं को सहज भाव से सुलझाने का प्रयास करते हैं। मनुष्य को अपने जीवन की लड़ाई स्वयं लड़नी होती है। कोई दैवी शक्ति उसकी लड़ाई लड़ने नहीं आती। इसलिए रहीमदास ने कहा था—

सुख के समय पराए भी अपनापन जताने चले आते हैं, लेकिन दु:ख के समय अपना साया भी साथ छोड़ जाता है। इसलिए मनुष्य को सिर्फ अपने आप पर भरोसा करना चाहिए। जो जिंदादिल होते हैं वे जीवन में हरदम तरोताजा और प्रसन्न रहते हैं।

रहिमन निज मन की व्यथा मन ही राखो गोय।
सुनि इठलइहें लोग सब बाँट न लइहें कोय।।

सुख के समय पराए भी अपनापन जताने चले आते हैं, लेकिन दु:ख के समय अपना साया भी साथ छोड़ जाता है। इसलिए मनुष्य को सिर्फ अपने आप पर भरोसा करना चाहिए। जो जिंदादिल होते हैं वे जीवन में हरदम तरोताजा और प्रसन्न रहते हैं।

जिंदादिली के लिए खुशी की आवश्यकता होती है। खुशदिल इनसान ही वास्तव में जिंदादिल हो सकता है। लेकिन खुशी कोई बाजार में मिलनेवाली वस्तु नहीं है। वह अपने अंदर से उठती है। कोई खुशी को दौलत में ढूँढ़ता है, कोई ताकत में, कोई शोहरत में, कोई

आध्यत्मिकता में, कोई किताबों के पन्नों में, कोई समाज सेवा में और भी न जाने किन-किन कंदराओं गुफाओं में। लेकिन असली खुशी हमारे अंदर होती है, ठीक उसी तरह जैसे कस्तूरी मृग कस्तूरी की सुगंध का आनंद लेने के बाद उसे बाहर ढूँढ़ता है, जबकि वह उसकी नाभि में होती है। वास्तविक खुशी ही हमें जिंदादिल बनाती है।

जिंदादिली के लिए खुशी की आवश्यकता होती है। खुशदिल इनसान ही वास्तव में जिंदादिल हो सकता है। लेकिन खुशी कोई बाजार में मिलनेवाली वस्तु नहीं है। वह अपने अंदर से उठती है। कोई खुशी को दौलत में ढूँढ़ता है, कोई ताकत में, कोई शोहरत में, कोई आध्यत्मिकता में, कोई किताबों के पन्नों में, कोई समाज सेवा में और भी न जाने किन-किन कंदराओं गुफाओं में।

आज की भागदौड़ भरी जिंदगी में हर कदम पर तनाव हैं। तरह-तरह के तनाव। इन तनावों से मुक्ति पाने के बाद ही हम सुखी और मस्ती भरा जीवन बिता सकते हैं। इसलिए जीवन में तनावों से मुक्ति पाने के लिए शांत मन से विचार करने और उनसे मुक्त होने का मार्ग ढूँढ़ने की जरूरत है। इसके बाद ही हम खुशियों से भरी जिंदगी जी सकते हैं। ऐसी जिंदगी का नाम ही तो जिंदादिली है।

एक शायर ने कहा है—

पलक झपकते बुढ़ापे में पाँव रखते हैं,
हमारे दौर के बच्चे जवाँ नहीं होते।

यह हमारे दौर का कड़वा सच है। आज के अधिकांश बच्चे अपने बचपने को जी नहीं पाते। उनकी नजर अपने माँ-बाप की परेशानियों, अपने आस-पड़ोस के लोगों की विडंबनाओं की ओर

जाती है और वह उनपर चिंतन करने लगते हैं। उसकी चिंता उसे जवानी की दहलीज पर कदम नहीं रखने देती। उसे असमय बूढ़ा बना देती है। इनसान को अपनी उम्र का हर हिस्सा पूरी शिद्दत के साथ जीना चाहिए। इसके लिए घर-परिवार से लेकर समाज तक के माहौल में बदलाव की जरूरत है। बच्चा जब अपने माता को खुशमिजाज देखेगा, तभी वह अपना बचपन स्वाभाविक रूप से जी सकेगा। जीवन में उमंग और उत्साह को हर हाल में बनाए रखना होगा। समस्याएँ हर युग में रही हैं और हर युग में रहेंगी। हरिश्चंद्र सत्ययुग में हुए थे, लेकिन परीक्षा के नाम पर ही सही, उन्हें श्मशान का प्रहरी बनना पड़ा और अपने इकलौते बेटे की मौत को सहन करते हुए उसके कफन का आधा हिस्सा कर के रूप में वसूलने को विवश होना पड़ा था। त्रेता में सबकुछ सही था, लेकिन राक्षसों का उत्पात था। पुत्रमोह था। कैकेयी के पुत्रमोह के कारण राम, लक्ष्मण सीता को 14 साल का वनवास भोगना पड़ा था। सीता का अपहरण हुआ। उन्हें छुड़ाने के लिए युद्ध लड़ना पड़ा। द्वापर में महाभारत का युद्ध हुआ ही। कहने का मतलब यह है कि कोई भी युग ऐसा नहीं गुजरा जब दुःख न हो, समस्याएँ न हों। उनकी मात्रा और प्रकृति में जरूर अंतर किया जा

कैकेयी के पुत्रमोह के कारण राम, लक्ष्मण सीता को 14 साल का वनवास भोगना पड़ा था। सीता का अपहरण हुआ। उन्हें छुड़ाने के लिए युद्ध लड़ना पड़ा। द्वापर में महाभारत का युद्ध हुआ ही। कहने का मतलब यह है कि कोई भी युग ऐसा नहीं गुजरा जब दुःख न हो, समस्याएँ न हों। उनकी मात्रा और प्रकृति में जरूर अंतर किया जा सकता है, लेकिन उनकी अनुपस्थिति नहीं दरशाई जा सकती।

सकता है, लेकिन उनकी अनुपस्थिति नहीं दरशाई जा सकती। इसलिए खुशी और जिंदादिली अपने अंदर से उत्पन्न कर उन्हें अपने व्यक्तित्व का मुख्य हिस्सा बनाने की कला सीखनी चाहिए। तभी हम जीवन को आनंदमय बना सकते हैं।